U0497454

桃李花开

邹克斯 著

北方文艺出版社
·哈尔滨·

图书在版编目（CIP）数据

桃李花开 / 邹克斯著. -- 哈尔滨：北方文艺出版社, 2024. 9. -- ISBN 978-7-5317-6415-1

Ⅰ. I247.7

中国国家版本馆CIP数据核字第20242EQ050号

桃李花开
TAOLI HUAKAI

作　　者/ 邹克斯	
责任编辑/ 富翔强	装帧设计/ 树上微出版
出版发行/ 北方文艺出版社	邮　编/ 150008
发行电话/（0451）86825533	经　销/ 新华书店
地　址/ 哈尔滨市南岗区宣庆小区1号楼	网　址/ www.bfwy.com
印　刷/ 武汉市卓源印务有限公司	开　本/ 880×1230 1/32
字　数/ 52千	印　张/ 4
版　次/ 2024年9月第1版	印　次/ 2024年9月第1次印刷
书　号/ ISBN 978-7-5317-6415-1	定　价/ 58.00元

作者简介

邹克斯，83岁。1966年毕业于湖南师范学院中文系，湖南长沙周南中学退休人员。祖籍湖南醴陵，现居湖南长沙市。1981年6月加入中国共产党。先后在湖南醴陵和长沙从事中学语文教学和党政工作。自2021年1月以来，先后出版了《荷塘诗词选》《园丁拾零》《晚霞进行曲》《桂花飘香》《蜻蜓情怀》《余兴汇编集》《荷塘诗词：续编》等文学作品和书画作品《蜻蜓习字集》。

前言

我记得以前工作的醴陵一中有一位校长曾深有感触地说过一句话："学生往往对教过他们课、当过他们班主任的老师感到特别熟悉、亲切、怀恋。"他说这句话的用意是鼓励老师多上讲台，积极争取班主任的职务。我觉得这句话反过来也是一样的，即"老师往往对自己当过班主任的班级和上过他的课的学生印象深刻，难以忘怀"。

高尔基说："文学就是人学。"

文学应该是生活的反映，是讲述故事、描绘人物的。

教育园地也有精彩的生活。只要我们潜心在教育园地辛勤耕耘，退休后就会发现有许多人和事值得回忆和歌颂。

2024年2月25日，我突然想以小说的形式，记叙这些桃李灿烂花开的情景，努力去写出他们每个人的故事和特点，写出他们不同的宝贵价值观。当然，这些短篇小说也可以称为纪实小说。

我创作的目的并非是要炫耀自己在教育这块园地如何成功，而是深深感慨这些思想活跃、才华横溢的桃李是多么令人钦佩！在教育这块园地耕耘，是多么令人骄傲自豪！

我在中学工作了一辈子，多数时间是教语文和当班主任。我在偏远山区的醴陵六中工作了十二年，一直是一个普通教员和班主任，在校任职期间，我和学生同甘共苦，对每一个教过的学生都熟悉，印象深刻，难以忘怀。

要说明的是，后来我在醴陵四中、长沙二十九中、长沙二十三中、长沙八中都是担任学校领导，没有教过课，更没有当过班主任，所以没有写这几个学校的事情。还要说明的一点是，为了避免一些不必要的误会，相关的人名、地名我都进行了虚构处理，采用化名进行创作。

谨以此书献给正在教育园地辛勤耕耘或即将从教育园地光荣退休的朋友们，并向无数鲜花盛开的桃李们致敬！

邹克斯

2024 年 2 月 27 日

目录

001 江凯福
　　——尊师敬老

006 储俭忠
　　——实诚而高尚

011 乡锦荣
　　——摇篮和声誉

018 和风旗
　　——摄影与诗词

023 彰琴语
　　——气质与才华

028 伊韵翔
　　——友善而豁朗

034 央花丛
　　——风采和风范

038 战凯守
　　——忠诚和奉献

042 还喜迎
　　——乡土情怀

047 问有成
　　——书法诗词志趣

055 鹤庆荣
　　——历练和助推

064 合与祥
　　——仁心和凝聚力

069 笑从容
　　——担当和忠诚

073 何俭我
　　——俭朴和奉献

077 洋拼男
　　——奋进有为

084 仰润花
　　——豪唱《祝酒歌》

088 宙拼
　　——军人风采

093 洋求胜
　　——情义和乡愁

097 兵智键
　　——担当与诗词

102 还利君
　　——文学之路

113 后记

江凯福

——尊师敬老

2013年，一个春暖花开、风和日丽的上午。我和已退休的二妹动丰，一起在星城烈士公园漫步后回家。二妹退休前是长沙铁路分局长沙车辆段乘务员。路过省展览馆时，她建议进去看看长沙铁路分局工会举办的员工书画展览。

展厅里人群络绎不绝，书画作品丰富多彩、百花齐放。在一幅行书中堂和一幅隶书中堂作品前，她凝视着久久不肯离去，对我说："这是客运段江凯福的书法，写得真好！他是客运段餐车服务员，我跑车时的同事，很熟。以前客运段工会书画展览，就常有他

的作品。"我一看这两幅作品落款的姓名,果然是"江凯福",立即掏出手机,给江凯福打了个电话,落实了这确实是他送展的作品!

江凯福,是我教育生涯中教课最少、教课时间最短的一位学生。

1968年3月,我从湖南师范学院毕业后,被分配到仙岳一中工作。因当时的社会环境,头几个月学校没有上课,基本上没有学生在校,我没有教学任务,清闲无事。9月份复课,学校招收了新一届高中班,江凯福被编在高68班,我担任该班语文教员,实际上也是班主任。

第一次见到江凯福,他就给我留下了深刻印象。他矮墩墩的个子,方方正正的脸庞,大额头,肉鼻头,一口整齐白白净净的牙齿,喜欢张着嘴笑,非常可亲可爱!

当时农村的同学报了到,见无课可上,都回家去了。每天到学校来的,只有几个城镇的学生或驻仙岳县军医院的子弟。我就在教室黑板上,用粉笔书写好诗词,站在讲台上讲授。有时就与那几个城镇学生和军医院子弟,围在课桌边讨论要讲的诗词。那时候江凯福总是很开心,常跟在我身前身后"秦老师,秦老师"地喊着!

课后,江凯福还常带我到他家去玩。自从学了诗词后,他一直坚持在家里习练毛笔字,练的是行书和隶书。他的父母是仙岳工商联缝纫职工,其父弯腰驼背,患有哮喘病,身体很虚弱。

1968年11月,仙岳一中被撤销。我被作为大专院校知识青年,跟随仙岳一中的老师们先后到仙岳农村和五七干校劳动锻炼。当时我胃溃疡和食管炎复发,经常疼痛,畏寒。江凯福得知后,表现出强烈的不舍,我安慰他说,以后重新分配了工作单位,一定来看他,并拜托他父母为我做一件大棉袄以避免肠胃受凉,争取在服药治疗的同时促使胃溃疡和食管炎康复。他的父母知晓后加班加点,三天就帮我把那件大棉袄做好了。我出发时江凯福依依不舍,一直把我送到汽车南站。

我很羞愧。其实我比江凯福只不过大十岁左右,给他上的课总共不到20节,只不过是他学习中的一个学友,顶多算是一个师兄或学兄。可他身前身后总是很亲切地称我为"老师",一点儿也不做作和扭捏。

1970年元月,我被重新分配在偏远的仙岳县明月区仙岳六中。到该校报到之前,我回攸州取回下放劳动锻炼之前存放在祖居的书籍,在攸州仙姑岭国道上,与江凯福不期而遇。他兴奋地说,他被街道办事处推荐在这里参加修建瓷茶铁路,搞宣传报道,并说他给我写信到五七干校问我的情况,但不见我的回复。说到这个情况的时候,他嘴巴瘪瘪的,一副很委屈的样子,对我这个对他授课不多的师兄情义深厚,令人感动!

后来江凯福被长沙铁路分局招收为长沙客运段餐车服务员,他爱人与他在同一单位。这样又过了20年,他们的女儿也被招收在该单位。我二妹妹动丰与江凯福一家居住在一个社区,常与江凯福爱人在一起晨练。2001年江凯福爱人听我二妹妹说,我家会为我举办60岁寿宴,他们一家三口都来参加了,热烈隆重地为我庆贺了一番。

2011年江凯福光荣退休了,他没有一刻迟疑,独自回到仙岳县照顾他父母,一陪伴就是十多年。常在朋友圈看见他推着轮椅陪伴他老母在仙岳县鲁江边游览的照片，在仙岳县家中为他老母做佳肴的照片，还经常有他90多岁老母亲的视频和他由衷地感叹："有妈真幸福啊！""90多岁老妈的风采，真逗！哈哈，哈哈！"

江凯福晚年时他父亲已去世，有一次他在朋友圈发了一条感言："90多岁的妈妈真幸福！"我是这么理解的：站在他本人的立场，是对时代的感谢，感谢新时代给了他妈妈幸福的生活环境，有宽敞舒适的拆迁房，有优厚的养老金；站在他妈妈的立场是高龄有儿子长年的陪伴，是对儿子的感谢，感谢儿子孝敬，给了她无限的幸福！

有一次江凯福在朋友圈发了一张他自己精彩的影照，并发了一条感言说："人老了，但幸福无量，快乐永远在心中荡漾！"这应该说是他十多年来独自陪伴照顾老母亲的体会和感悟。

对学兄的尊敬，对父母的孝敬，是江凯福的重要特点，也是中华民族的传统美德，值得颂扬，值得传承。这就是我倾情书写这篇文章的缘由！

储俭忠
——实诚而高尚

仙岳六中高二班有一个学生叫储俭忠，1973年高中毕业后至2018年，我已经46年没见过他了，也一直没他的任何信息。

前两年的一个早春，冰天雪地，天寒地冻，我和老伴妹嫁清去仙岳县赴二内兄夫人六十大寿宴。第二天上午，高二班的同学呼名胜邀集仙岳县的同窗请我和老伴去吃饭并合影，其中一位就是储俭忠。吃饭的时候，储俭忠一再抱怨呼名胜2021年邀集高一、高二班同学到星城为我举办八十大寿宴时没通知他，使得他这么多年没见到我。

下午我和老伴正准备返回星城，一位汉子驾车顶风冒雪，来到我那位二内兄夫人的住宅。

这位65岁左右的汉子，已秃顶，没有几根头发了。宽厚黝黑的脸庞透露出红润气色，大概是患有高血压的缘由吧，显得苍老，背也驼了，完全与他青春年少时的帅气联系不上了。他就是储俭忠！

储俭忠从自家车后备厢里抱出一大堆腊肉进屋和我们叙旧。说腊肉是他家自己喂的猪宰杀后做的，是绿色食品，送来给我们尝尝。接着他说，他的母亲早在他退休前就已逝世，2014年退休前因为忙于工作，退休后忙于独自陪护90多岁的老父亲，一直没与我联系，没来看望我，很对不住，但一直很想念我，说着眼泪都掉下来了。

接着，储俭忠说："老师，您其实比我们高一、高二班的同学只大十一二岁。当年您患有严重胃病，记得那时您给我们上课时总用拳头顶着胃部，或将胃部顶在讲台边角上，现在你的病情好些吗？"我听着感动得老泪纵横，说："俭忠，不用担心，我也一直很想念你！"

桃李花开

那天傍晚，储俭忠又驾车来到我那位亲属的住宅，指着自家车后备厢内一大堆腊香干、乳豆腐、干豆角等食品说："这也是绿色食品，给你们尝尝。"并说，"我驾车送你们回星城吧！"我们说已买好回星城的火车票，还是坐火车回去吧。他坚决地说，"把火车票退了就是，坐我的小车舒适些，也快些！"

第二天早晨他急着要回仙岳县，说家里还有90多岁的老父亲需要他陪护。我望着储俭忠开着小车远远驶去，再回到家里，心中久久涌动着他过往的事情。

储俭忠是我原工作的仙岳六中首届高中毕业班二班的学生，我任他的班主任，教语文课，他是该班体育委员。他身体健壮，高挑个儿，为人爽朗，做事一丝不苟，实诚负责。

储俭忠的父亲是仙岳县明月区药批站职工。其母是仙岳县明月区卫生院的药师。他的弟妹储俭秋、储俭珍、储俭平，都是我的学生，我曾在原仙岳六中也任过他们的课。他父亲常来学校了解他的子女们学习和表现情况，对我很友善。

1973年储俭忠曾在明月区农村落户劳动锻炼。

当时我一家大小四口都居住在仙岳六中，在上山下乡期间，他常回学校向我谈论劳动锻炼的见闻和体会。1976年春他光荣参军，1980年转业后，担任仙岳县日杂公司销售经理。

自从这次与储俭忠见面之后，他就常与我保持联系。在朋友圈我常看见他自驾小车，载着他的老父亲在广西和云南等地游览，看到他的老父亲过着很开心、很惬意的生活。

2021年5月22日，青海果洛州玛多县发生7.4级地震，储俭忠在朋友圈转发了这个信息。据说不日他便慷慨捐款20万元救灾。其小妹储俭平劝阻说："家里有高龄病弱的老父，随时可能要用钱，还是少捐赠一点儿吧！"储俭忠却说："如果我们和老父都生活在青海果洛州玛多县，遭遇此灾难，不也会希望有人大力救助吗？"结果其小妹劝阻未成。我的这个学生储俭忠对父母、对老师、对灾区人民如此赤诚之心，令人感动！

以我的见识和感受，凡实诚、办事一丝不苟、负责认真、对父母孝敬的人，为人都很高尚。因而我在

桃李花开

心中深深地吟咏着下面这首七言律绝,由衷地赞颂着我这个学生储俭忠:

谢储俭忠冰雪礼仪情

天寒地冻起冰凌,
赴宴县城我折腾。
反复远程来看望,
顶风冒雪礼彬彬。

2018年1月28日于仙岳县

乡锦荣
——摇篮和声誉

2018年1月18日,仙岳六中的原址乡镇小学姿善学校校内礼堂上方悬挂着大红横幅:"捐资修建姿善学校图书馆仪式"。

礼堂内一群小朋友正在载歌载舞,附近陆续赶来的村民挤满了礼堂。会议主席走上礼堂主席台致辞后,一位学者风度的老先生走上主席台,满面笑容地看了看台下,激动地说:

"各位老师,各位同学,各位乡亲!'摇篮'是人们幼年或青年时代生活的环境,是人们学得文化的发源地,也是人类各种运动的发源地。亲爱的姿善学

桃 李 花 开

校是我小学、初中、高中的学习之地。我的文化知识，都是在这里学得的。我的爱好、志趣也是在这个'摇篮'里熏陶出来的。我现在的专业，事业的成功，更是在这个'摇篮'里开始培育起来的。对亲爱的姿善学校，我终生难忘！现在我捐资20万元为姿善学校修建图书馆，并为图书馆捐赠400册图书。我建议将这个新修建的图书馆命名为'鸿志图书馆'。希望姿善学校的小朋友们认真学习，多看书读报，积累丰富的文化知识，将来为党、为祖国多作贡献！让我们亲爱的姿善学校鲜花盛开，桃李满天下！"

讲台下发出一阵阵热烈掌声，小朋友们欢呼雀跃，在礼堂载歌载舞起来了。

当时我就在礼堂的人群之中。这位演说者是仙岳六中高二班的学生乡锦荣，我是他当年的班主任和语文教员，现在他是建宁市第一医院心血管疾病医疗方面的著名专家。今天是他邀请我重游姿善学校并观看捐资仪式的。

捐赠仪式结束后，学校礼堂里那些附近来的年老乡亲，不少人请乡锦荣为他们诊治心血管病，解决疑难问题。乡锦荣笑容满面地一一认真接诊,现场一片融洽欢快的情景,实在令人感动!

看着笑容满面的乡锦荣,我不禁陆陆续续地回忆起他以往的种种情景。

乡锦荣头脑反应快、幽默,性格乐观豁达,总是笑眯眯的,一口整齐洁白的牙齿,说的话从不伤人。

高中时期乡锦荣家庭贫困。在仙岳六中就读时,为了减轻父母的生活负担,他每天早晨往往要上山砍柴;或推着土车到家乡的那个煤矿购买煤炭,然后把煤运回家里燃用;或与社员们早晨一起出工干大量农田耕作活赚点儿工分。

乡锦荣上学经常迟到,劳动课迟到的次数更多,我也常常为他忧虑焦急。他虽然常常劳动课迟到,但到达劳动场所后,干起活来却非常卖力。记得在学校文艺演出时,他曾经与一个女同学扮演推土车的节目,逗大家笑得前仰后合。其实这些就源自他早晨推着土车把购买的煤炭运回家里燃用的生活经验。同学们纷纷夸奖他的演技,都很喜欢他。

乡锦荣虽然生活得比较艰苦,但他乐观向上,天

分极高，学习一点儿没落下。1978年他参加高考，被南雅医院录取。而今他是建宁市第一医院心血管疾病医疗方面的著名专家，享受国务院特殊津贴待遇。作为一个治疗心血管疾病的著名专家，对防治心血管疾病的养生保健，他有自己独特的方式。平常他也很注意在书法、绘画、音乐方面的修炼和提升。

2017年1月2日晚上，乡锦荣的好朋友，高二班何俭我和留平称两口子邀请我到他们家里做客，他一直陪伴着我。何俭我和留平称两口子家客厅里悬挂两幅行书中堂字幅，一幅是《沁园春·长沙》，另一幅是《三国演义》开篇词《滚滚长江东逝水》，还悬挂着一幅题为《万鸟腾飞》的工笔画和一幅题为《鱼游大海》的国画。我认真看了看这些作品的题款，都是"乡锦荣"！

乡锦荣同学的书法风格独到，笔法老练，章法娴熟，形式清秀、多样，特别是内容高雅，很有时代气息，工笔画和国画也很出彩。

我高兴地问乡锦荣："这些作品都是你的呀？写得真好，画得真漂亮！"

乡锦荣嘿嘿地笑着说:"不好,不好!老师您多多批评指正!"

我接着对乡锦荣说:"书画是一种修身养性的高雅情趣,是文化品位的象征。你作为一个治疗心血管疾病的专家,更懂得书法、绘画、歌咏对防治心血管疾病的特殊作用。"

我还对乡锦荣举例说:"仙岳六中已退休的振养超老师,患有严重高血压和冠心病,多次急救住院,还做了搭桥手术,医生就建议他习练书法以养生保健。他听取医生的意见,坚持每天清晨书写一幅字,现在病情很稳定。"

最后,我对乡锦荣说:"据我的观察和体会,一般70岁前后是书画家成熟成名,享誉天下的年龄。齐白石、于右任、黄永玉、仙岳县人士李铎,还有星城的曾玉衡、史穆、颜家龙等莫不如此!你今年已64岁,在书画方面已有深厚基础,相信数年之后,你在这方面更会成绩卓著,至少誉满三湘四水!"

乡锦荣谦和地说:"老师,谢谢您的夸奖和鼓励,我一定努力,争取有更大的进步!"

桃李花开

没想到就在2018年4月4日上午，乡锦荣用微信给我发来20多张书法作品，还有工笔花鸟画，说是请我批评指正。我深受感动，也为他的进步感到高兴！

回想起这些，我不禁吟诵起胸中的两首诗词：

七律·再赞姿善学校红桂树寄乡锦荣同学

　　姿善红桂一新花，心血专科救治家。

　　医大研修勤奋学，建宁从业众人夸。

　　闲时工笔兼书法，忙里治疗并核查。

　　歌咏悠扬而气壮，再吟诗赋颂奇葩。

　　　　　　2017年3月27日于星城长鑫美树园

词·蝶恋花·重游仙岳六中原址姿善学校

　　再次魂牵游故地。朵朵花开，学校风光媚。旧貌新颜待人炽。弘扬赤子书生志。

　　高竖南乡旗一帜。专业忠诚，历任园丁意。荡漾花如酒醉。鄙夫过后深惭愧。

　　　　　　2017年11月10日于星城金汇园

旗一帜：指该校已成为仙岳县南乡的一面旗帜。我曾担任过乡锦荣的弟弟乡锦灵同学的语文教员。乡锦灵同学在仙岳六中高中毕业后担任过仙岳六中的校长。一晃几十年过去了，一直没见过他。相信这位同学事业也干得很不错！

和风旗

——摄影与诗词

和风旗是原仙岳六中高二班的学生,当年我是他的班主任和语文教员。他身材高大粗壮,端端正正的脸庞。说话比较爽直,甚至有些冲。

1972年春,为了加强战备,县委和区委决定将仙岳六中从明月区偏远的田花山下搬迁到明月区中心的马嵬坡,平时作学校,战时作军营。于是我和这个班级的同学经常要参加新建校区的劳动,常常停课自带粮油蔬菜,冒着雨雪冰凌,到山上砍伐树木,并把这些树木扛抬到新校区,再为新校区挖土方,修操场,建校舍,往往一搞就是一两个星期。因为砍伐树木,扛抬树木，挖运土方，都是重体力活，全由男生担当。伊韵翔和其他女生就负责做炊事工作和看护生活生产物资的工作。

2017年2月27日，我和老伴妹嫁清与和风旗，还有高二班的伊韵翔重游仙岳六中。那一天，和风旗对伊韵翔深情回忆说："那时劳动量大，我个子高大，体力消耗也大，比其他同学更觉得饿，好恼火！搭帮你打饭时，总为我多打些饭菜，我至今还记得，非常感谢你！"说话率直，甚至有些冲动的性情，表现得无遗。

和风旗对文学艺术情有独钟，尤其爱好摄影艺术和诗词创作，始终勤奋好学，很有才华！

高中毕业后，和风旗与同班笑从容在明月镇明月中学任民办教师，后来考入仙岳县师专，转为公办教师，再考入莲城大学中文系，毕业后回明月中学任教，后来评为高级语文教师。其姐夫为高一班、高二班拍摄过毕业照。和风旗在明月中学任教时，他和姐夫到母校为其他班级拍过不少毕业照，也为我一家四人拍了不少照片，至今我还保留着这些珍贵的照片。常有

桃李花开

不少仙岳中学的同学,到我这儿来翻拍和风旗为他们班拍摄的毕业照片,带回家作纪念。

2012年10月2日至6日,和风旗陪同我和老伴妹嫁清与一行朋友同事,重游仙岳六中旧址姿善学校,他亲自为我们拍照留念,还赠送了一帧1970年我带领仙岳六中初25班在韶山瞻仰伟人故居的影照。技艺高超,浓浓情意,非常珍贵,非常感谢!

2016年11月17日,我撰写了一首《致风旗同学怀念仙岳六中高二班》的七律,发布在"原仙岳六中同学群"里,诗云:"高中一届二排班,旧址同窗姿善山。初上讲台修炼浅,常怀顾虑病秧颜。山村教学共艰苦,校舍搬迁齐霸蛮。伴读两年情义重,风旗请传我心关。"11月18日和风旗同学用微信给我发来和诗与《咏明月区淼泉阳山殿》诗,并发来感言说:"感谢老师的教诲。任何时候都不能数典忘祖,欺师灭道……"铿锵有声,感人至深!

和风旗不仅文思敏捷,能诗善文,书法功底也相当深厚。每年春节时期,明月村镇的人家都请他撰写对联,总是满街家家户户都是他撰写的对联!明月区名跃峰顶上岩壁上有不少篆刻的碑文，其中就有和风旗撰写的碑文，我于2016年曾写七言律绝一首《题风旗仙岳名跃峰护峰碑影照》称赞他："明月峰前巨碑耸，俊贤儿女列威名。家乡壮丽神州美，守土相连护国情。"

仙岳县田花山海拔792米，是仙岳县最高峰——名跃峰的姊妹峰。田花山有一座高耸的抗日战争时期的瞭望台，该台记录着仙岳县人民抗日战争时期浴血反击日寇的奋斗精神，和风旗曾不畏劳苦爬上田花山为它拍下多帧影照。

2017年2月27日下午，和风旗在"原仙岳六中同学群"发了一张仙岳六中院内的桂花树影照，并发了一段长长的感言："凡在仙岳六中工作和学习过的老师和学友们，还记得它吗？只有它还在那庭院里，欲与天公试比高，阅尽校园春色……如今它两人一抱围不了啦。树荫如盖，顶冠超过了房子……它就是左院中的——红桂树！它一年又一年鲜花盛开，仙岳六中也桃李满天下。想想它，为它欢呼吧……"和风旗的感言文情并茂，浓浓情意，我看了非常感动，撰写了

桃李花开

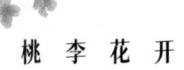

一首七言律绝《赞和风旗摄仙岳县姿善学校红桂树》，诗云："莘莘学子谁蹉跎，桂树开花赋赞歌。"我是有感原先的稚嫩桂花盛开，姿善学校桃李满天下而作！

和风旗对自己的家乡情深意切，荣耀骄傲。2021年4月16日，他在朋友圈发布了一张精彩的《明月村春夜春晨》视频，并配发了一首吟咏的诗，给我感受非常深刻。第二天我写了一首七言律绝《题和君风旗明月村春夜春晨视频》，在朋友圈对他的这个视频作品热烈赞颂："如梦山乡春色浓，声声蛙鸣夜朦胧。清晨布谷催播种，田野村庄画面雄。"

2024年3月，和风旗为仙岳一中新西大门和教学楼及学生宿舍拍照，发在"原仙岳六中同学群"，表达对教育事业，对仙岳一中大发展的浓浓情意。

我的得意门生和风旗，勤奋好学，才华横溢，不忘初心有担当，终生忠诚于党的教育事业，太值得我热烈赞颂了！

彰琴语
——气质与才华

2016年国庆期间，金光灿烂，丰收时节，仙岳六中七六届高十班、高十一班、高十二班，在仙岳县西山宾馆举行毕业四十周年聚会。一位女子老是笑眯眯地、温和地陪护着我，扶我上下阶梯，给我倒水，吃饭时为我拿碗筷、夹菜。她大概有60来岁了，很有气质，风韵犹存。我不解地询问她："你是谁？叫什么名字？为什么这么照顾我？"

"老师，你不记得我啦？我是彰琴语，你是我的恩师呀！还记得1973年秋收季节，你到我们生产队支农，落户在我家的情景吗……"

桃 李 花 开

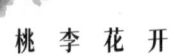

哦，我记起来了。她哥哥彰铭导是我1968年3月，分配在仙岳一中时学生文工团的二胡琴手，与我相交很亲密。1969年下半年，她哥哥与他妈妈一家人下放在这个生产队年。我落户在他们家支农，很高兴。彰琴语喜欢唱歌，与她哥哥一样很有文艺方面的天赋。她也很高兴，常常流露出想读高中的神情。因为他父亲出身问题，一直没有学校接受她读高中。支农搞完后，她妈妈和哥哥直接向我提到了这个愿望。我回校后向学校领导汇报了这个情况，于是1974年春季，她被仙岳六中录取，编在高十七班，班主任是瞻慧敏老师。

进了高十七班这个文艺专业班后，我发现彰琴语异常兴奋，学习非常用功。往往放学了，她一个人还留在音乐室练琴，学唱歌，午休时她也常一个人在那儿练。见到我和瞻慧敏老师，还有其他老师，总是很有礼貌很热忱地打招呼。

我兴奋地说："我记得啦，你是高十七班的学生，那是个文艺专业班，瞻慧敏老师是你们专业老师，还是你们班主任和语文老师。我虽然没授过你一节课，但你是我的特殊学生！"

接着，我又问她："你怎么知道我会来仙岳参加聚会活动？"

她说："有七六届毕业班的同学说今天来西山聚会，我就也回仙岳老家来西山游览，无意中看见你，所以就陪伴你了。"

下午聚会组委会组织大家去革命前辈根标故居参观，彰琴语仍然陪护着我，搀扶我上下旅游大巴车，为我擦拭大巴车座椅上的污迹灰尘。她给了我她的手机号，加了我的微信，后来她经常给我打电话和发微信，逢年过节向我问候和祝福。

聚会活动结束时，我问她现在家庭生活情况。她说她妈妈已去世，哥哥也因病去世了，没有养老敬老的负担了。舅舅是黄埔军校的，新中国成立后任莲城文史馆的工作人员，高中毕业后她被过继给舅舅。1977年她24岁的时候被招工，分配在莲城审计局工作。搭帮在仙岳六中读高中，打下了深厚的文化底子，工作得心应手，多年被评为优秀工作者。她说她非常感谢仙岳六中各位老师对她的辛勤培育，使她有了很好的工作基础。还说她先生也是文艺爱好者，是莲城歌舞剧团的工作人员，她有一个儿子，是京城一个文艺团体的歌手和编导人员。一家人生活是比较美满惬意的。我向她表示深深的祝贺。

聚会活动结束回到星城后，我打电话给已在建宁市发电厂子校退休的仙岳六中高十七班班主任瞻慧敏老师，向她介绍了彰琴语现在的一切情况。瞻老师说："是呀，她是个很有气质的女孩子！而且她很懂得感恩，常来电话和微信问候和祝福我，还亲自到建宁市来看过我。我很难忘这个辛勤的好学生！"

我曾建立一个"原仙岳六中同学群"，并将彰琴语拉进了这个微信群。我发现她性情温柔沉稳，确实很有气质。她在群里处世稳重，言辞从不偏颇极端，不信谣，不传谣，很受同学们尊敬。

2009年，彰琴语光荣退休。她和先生到京城儿子处居住时，在她儿子的文艺团里，她大量吸取了京城的歌舞技艺，回到莲城后热诚组建歌唱队和舞蹈队，结识了众多街坊邻友，也算是桃李满天下了！

才华体现气质，气质来自历练。我这个特殊学生，以才华展现魅力，值得弘扬！而今她已是70岁的女士了，但愿她风韵长存，青春不老！

桃李花开

伊韵翔
——友善而豁朗

在病情折磨下，待人友善难，性情开朗更难！

伊韵翔，是我1970年春在仙岳六中首届高中班任教时高二班的语文课代表。开学上了一周课后，一次作文课后要收作文本，我对全班同学说："大家选一个语文课代表吧，以后好收作文本和作业本，并反映大家学习的要求和意见！"话音刚落，她站起来大声说："我来当！我最喜欢读书看报，喜欢上语文课。"说着她就走到各位同学的课桌边收作文本了，引得全班同学一阵哄笑。

伊韵翔有两个好朋友：一个叫央治宏，一个叫留平称,同学们说她们是学习上的三姐妹。后来央治宏被选为高一班班长,留平称被选为高二班数学课代表。同学们对伊韵翔有一个称号,说她是"刀子嘴,豆腐心"。伊韵翔常常无情取笑留平称:"你这个数学课代表的秤杆可要把平啊!"而对央治宏的无情取笑是:"你这个身处班级重要位置的干部,治理班级事务胸怀可要宏大开阔些啊,不要忘了我这个好朋友啊!"

那时班级编制非常饱满,一个班级的学生达到64人以上。班主任每个期末给学生写了评语,免不了要找人帮忙把评语抄写到学生家长通知书上去。伊韵翔的字写得很清秀,每次抄写评语我总是少不了找她。有一次,她抄写评语,看到我对一个男生的评语是:"要积极参加学校的劳动锻炼课。"她抬起头疑惑地对我说:"奏老师,学生要以学为主。你给他的这句评语可不可以改一下,写成'今后要安心上学读书,争取将来为祖国做出更大贡献!'"我兴奋地想:"她说得对呀!"便立即高兴地说:"就这么写吧!"这是我首次领会了她虽是"刀子嘴",实际上友善待人的

品行，有一颗善良的"豆腐心"，而且我深深赞叹她有字斟句酌、鼓舞同窗学友奋勇向上的才能！

1972年春，为了加强战备，县委和区委决定将仙岳六中从明月区偏远的田花山下搬迁到明月区中心的马鬼坡，平时作学校，战时作军营。但县委和区委都没有划拨钱款，只要求学校自己到附近的山上去砍伐树木做新建学校的材料。于是我和这两个班级的同学经常要参加新建校区的劳动，常常停课自带粮油蔬菜，冒着雨雪冰凌，冲到山上砍伐树木，并把这些树木扛抬到新校区，再为新校区挖土方，修操场，建校舍，往往一搞就是一两个星期。

因为砍伐树木，扛抬树木，挖运土方，都是重体力活，全由男生担当。伊韵翔和其他女生就负责做炊事工作和看护生活生产物资的工作。有一次中午开餐时，高一班一个男生来领取饭菜，冲着伊韵翔没好气地说："慢手慢脚的，不晓得快一点儿呀，肚子都饿瘪了！"我在一旁看得过意不去，恼怒地说："怎么说话的呀！你有没有一点儿家教呀？"伊韵翔急忙说："奏老师，没关系！来，来，这位同学，你辛苦了！

饭菜我给你多打点儿,我知道你是一个吃货,不够再来添!"再一次大大显现了她"刀子嘴,豆腐心"的品行。事后伊韵翔柔声问我:"奏老师,'家教'是什么意思啊?"我知道,她一是好奇,确实不懂,二是暗示我不要如此训斥。我觉得很感动,一直记得这件事。

1973年春,伊韵翔高中毕业后回家务农,两次受邀到我任班主任并主持操办的农技班作报告,谈体会和收获。她在报告中谈到,以前只会在学校读书学习,在家饭来张口,衣来伸手。回家务农两三年,学会了炒菜煮饭,插秧,种植蔬菜。并说她自己种植的蔬菜,挑到集市上还卖了不少钱,真是实践出真知,乐在其中!

伊韵翔的报告使农机班的学员们深受鼓舞,于是我邀请高十班毕业的耀斗紊也来谈谈回家务农的收获和体会。农机班的学员听了他们两位同学的体会很高兴,后来他们在家乡都很有作为。

在回家务农期间,伊韵翔认识了在她家大队蹲点的公社年轻干部皇配隆。这个小伙子是她家公社另一个大队的子弟，机灵能干，诚实厚道，1976年春他们幸福地结婚了。1976年秋伊韵翔考取了莲城师专，毕业后分配在仙岳县职业技校任语文教员。2009年，伊韵翔55岁时在仙岳县庐江中学退休，退休时她最大的学生也有33岁了。

2018年金秋季节，我77岁生日前夕，伊韵翔带领她的一群学生来星城与我和老伴妹嫁清聚会。当时她64岁，可谓桃李花开，桃李满天下。她还邀集了当年高一班的央治宏、高二班的留平称二姐妹一起来聚会。头一天下午由她的先生皇配隆和儿子开了一辆货车，给我和老伴送来一对一人多高的仙岳瓷质经典器型莲子瓶，用红漆写上了所有来聚会人的姓名。

5年过去了，我常常抚摸我家客厅那一对莲子瓶，深深感到这不是一般的寿礼，而是莘莘学子对教师的嘉奖和慰勉，是师生之间的深深情谊，也勾起我对当年仙岳六中高一班、高二班伊韵翔、央治宏、留平称三姐妹的牵挂。

那以后我再没见过伊韵翔。有一次央治宏见到我时说，她患了严重眼疾，十多年了。这病叫"梅杰综合征",眼睫间歇性抽搐,视物模糊。先是在湘雅医院行保守性治疗,针灸、注射,一般四个月一次,康复效果不理想。据该医院说,河北有一个医院可进行手术治疗。她因为年岁大了,不愿采用这种治疗方式。

后来我看见她在朋友圈发图片,自嘲是:"见穴插针,享受幸福生活!""我的生活繁花似锦!""我的寿命签87岁!"看到她在朋友圈发的图片,额头和眉睑扎满针灸针,我常常感到一阵阵怜惜。

2018年后,伊韵翔离开仙岳县城关镇住宅,回到乡下婆家,带病照顾百岁高龄婆婆,与我有电话和微信联系,性情仍然很豁朗,常在朋友圈发送她与婆婆快乐生活的情景。逢年过节和我生日时,她不忘打电话或发微信对我问候和祝福。我不禁常常在心底念叨:"韵翔同学,你就应该这样过好每一天,你肯定能像你婆婆一样活到百岁以上!"

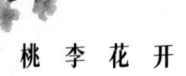

央花丛
——风采和风范

2018年的一天,阳光明媚。仙岳六中高二十班的尤好善,邀我和老伴妹嫁清陪同他,与从八桂省邕城回来的央花丛去观看东屯渡的辛追雕像和马王堆汉墓。尤好善告诉我央花丛刚从部队转业到邕城庆秀区政府任公务员,分管文教卫方面的工作。开始老伴妹嫁清是高二十班的班主任和语文老师,后来我也担任过高二十班的语文教员。观看了辛追雕像和马王堆汉墓后,傍晚在东屯渡一家著名酒店就餐。

席间我问央花丛:"你怎么突然想起要来观看辛追雕像和马王堆汉墓?"

央花丛沉思了一下，说："首先是我从来没来观看这两处历史文化景点，这是我家乡的历史文化景点，早就应该来观看！最重要的是转业前我是军人，军人要有军人的风采，现在我是公务员，而公务员要有公务员的风范！我对辛追雕像和马王堆汉墓历史文化一点儿不懂，作为一个负责分管文教卫方面的公务员，是要出笑话的！"

我有意地看了看央花丛，欣慰地看出他而今身体壮实，红光满面，比学生时代沉稳多了。他高中毕业后，我与他一别40年，刚见到他时，差点儿没把他认出来！

晚上回到家里后，我细细回想央花丛中学时代的情景。他老家在离仙岳六中不远的明月区钱堂跂村。那时他十五六岁的样子，健康快乐，积极上进。早晨从我在仙岳六中东面的家门口丛林中走出来上学读书，他背后是旭日高升，霞光万丈，常常昂扬地高唱着歌曲《东方红》，或是电影《闪闪的红星》插曲《红星照我去战斗》。路过我家门口时，总是向我和老伴妹嫁清打招呼："老师好！"有时还唱着歌逗我的两个没到上学读书年龄的儿子玩。下午放学，他背后是

桃李花开

晚霞照万丈，路过我家门口时，也常是这样。这一幕幕生动的景象，令我印象深刻，所以总记得！

我还记得，有一次学校举行文艺演出，他登台高歌电视剧《哈尔滨的夏天》的主题歌——《浪花里飞出欢乐的歌》，获得热烈的掌声。同学们都很喜欢他。

受央花丛的熏染，我的长子奏前也很喜欢歌咏，尤其喜欢哼唱那首电影《闪闪的红星》插曲《红星照我去战斗》。大学毕业后，他被分配在省局一个机关单位，工作踏实认真。他参加了那个省局机关单位的业余文工团，并常教其他文工团员歌咏和习练乐器。所以我的长子奏前和那些文工团员，可以说都是央花丛的桃李，鲜花盛开！

2018年秋冬那一次聚会后，我常翻看百度对央花丛从部队转业到邕城后的报道。2021年6月17日百度报道邕城庆秀区调研员央花丛带领创卫办，卫健局等组织人员到中山路夜市进行创卫工作督查。我还看到百度报道，邕城庆秀区调研员央花丛率队开展"党的关爱"活动。看了这些报道，我感到很欣慰，觉得央花丛正如他自己所领悟的："军人要有军人的风采，转业后成为公务员,要有公务员的风范。"

2024年4月16日,央花丛打电话告诉我,他去年已退休,他说虽然已退休,但他脑子和手脚并没有退休,每天写写毛笔字,看看书报,写写文章。坚持不忘初心、牢记使命,努力争取为党干点儿力所能及的事。我接听了他的电话,更感到欣慰,觉得自己和每一个退休的老年人,都应该如此!

接着我在电话中告诉央花丛:"你刚退休,刚满60岁,有人说,'六十岁是人生的真正开始!'退休后要多锻炼,保养好身体,不要拖累了家人,不要让亲朋好友为你担忧。"

他在电话中回答我:"老师,您说得对,我一定坚持这样做!努力不使亲朋好友和家人担忧我,努力发挥余热,争取为党,为祖国多做贡献!"

我还在电话中告诉央花丛:"刚刚退休,难免感到有些不适应,无所适从。仙岳六中可以说是桃李满天下,你可以常到各位同窗学友处玩一玩,也可以到星城的尤好善和我这里来玩一玩,大家都很想念你!"

央花丛高兴地说:"好,好!我一定常来看望你和各位同窗学友!"

桃李花开

战凯守
——忠诚和奉献

2017年11月11日,我在朋友圈看到学生战凯守转发的一个视频。

战凯守的微信号和视频号都标示着"zks826老战"字样。我琢磨了一下,那字样的意思显然是:"我微信的昵称叫老战,是仙岳六中高八班的学生。奏可司老师是我的班主任,离别他已经26年了。"我顿时惊呆了!了不得,简直是神秘的密码啊!

我努力回忆他学生时代的相貌、言语、性格特点。啊,想起来了。他家在达彰公社和华大队,个头不高。因为个头小,年龄也最小,他的座位每个学期,总是排在面对讲台右边一行最前面那个座位。身体单薄，方方正正的脸庞，一口洁白的牙齿，两颗明亮的眼睛，忽闪忽闪的。不多言语，有什么事，总是笑眯眯地看着你，一副非常机灵的模样，很讨人喜爱。

有不少亲朋好友在朋友圈发布过我的散文《镜水塘的感召》，2017年11月17日，战凯守也在朋友圈发布了我的这篇散文，并发感言说："我的高中老师写的一篇情深意切的好文章，分享给大家，望大家给老人家点赞转发！"我看了很感动。我只不过是一个极普通的园丁，写了一篇极普通的文章，他竟如此敬重我，我何德何能，真是羞愧不已！

战凯守退伍后在仙岳县邮政局工作，退休后与他夫人长期居住在星城儿子处，上有80多岁需坐轮椅的老母，下有正在上幼儿园的孙子。2021年暑假他曾来家看我，来时64岁。他兴奋地握住我的手说："高中毕业后，一别30年，好想你啊！"

接着战凯守说，有一次高八班的同学，也是同年参军的战友问有成，邀请他同来看望我，他因有老母和幼孙拖累没来成，很愧疚。

我安慰他大大不必如此,也握着他的手说:"先前你作为一个士兵,对祖国,要有奉献精神;而今你作为一个儿女对父母,也要有奉献精神,难以脱身到我这儿来玩一玩。这是人之常情,我应该理解,哪会对你有看法啊!"

我注意到战凯守经过部队和地方工作部门20多年的历练,变得面色微黑,体型粗壮多了,牙齿仍然白白的,眼睛更乌黑明亮了,眉毛更粗更浓更黑了,成了一个风采老汉!相貌、言语、性格都有很大变化,变得老练、见多识广,也更健谈了。我深感欣慰,也兴奋得很……

后来我经常翻看战凯守的朋友圈,以前看过的也时时翻看一下:

有2019年6月11日发的,视频《当兵的十大好处》。

有2019年发的,他们两口子与母亲的合影和他的感言:"悲痛万分!我亲爱的母亲昨天上午永远地离开了我们!我无法表达,只有哭,哭,哭……愿母亲去天堂的路平平坦坦,一路走好!"

有2019年5月27日发的,他母亲追悼会的图片和他的感言:"怀念母亲,灵堂守孝!"

有2019年6月19日发的,他推着坐在轮椅上的妈妈的图片和他的感言:"思念母亲!母亲离开我们一个月了,生活中的点点滴滴总是挥之不去,时时显现在眼前!"

有2020年5月22日发的,视频《对待父母的态度,是你最真实的面貌》。

有2020年5月10日发的,视频《妈妈,等你有时间,让我陪陪你》。

有2023年7月15日发的,视频《懂你》和感言"时常想起经历过的往事"。

多次翻看了战凯守朋友圈里的这些信息,我很感动。我要对他说的是:"凯守,如果说作为一个战士,作为一个军人,对祖国永久的忠诚是奉献,那么复员转业后,对自己母亲永远虔诚地陪护和孝敬,无疑也是一种难得的宝贵奉献。你的这种精神和品行,值得赞扬!"

桃李花开

还喜迎
——乡土情怀

还喜迎,是我在仙岳六中教的首届高中毕业班高二班的学生,我是他的班主任和语文教员。他高大的身材,乌黑浓厚的眉毛,宽大的嘴唇,典型的山乡农民形象。性格沉稳,说话有板有眼,从不冲人。毛笔字写得很漂亮。数学成绩好,常帮助同学解答数学疑难问题。在高二班,他是性格比较成熟的同学,同学们很喜欢他,都像对兄长一样尊敬他。1972年春,还喜迎同学高中毕业后,由公社学区安排在大队任民办老师。

1976年,仙岳六中根据县教育局的安排,创建师范班，学制一年，我任该班班主任和语文教员，并由我具体操办该师范班。还喜迎被公社选派到该班学习，我俩除了师生关系，还增加了一层同事关系。

还喜迎在师范班学习时，像在仙岳六中一样，很刻苦认真，脾性更柔和沉稳，同学们也都非常喜爱他，他还帮我写过不少教案范例，减轻了我不少工作负担，我很怀念他。师范班毕业后，他仍然回到大队任教，多年后才转为公办老师。

仙岳六中首届高中毕业班学生，多半在本区做教员，不少参军在部队历练，其余的多外出发展，事业有成。2018年秋，我受人请托去仙岳县办一件事。那年还喜迎高中毕业后已从教46年，我牵挂他这个高才生，想对他再进行一次"家访"，于是和他高中同班的储俭忠一起到他家探望。

还喜迎家住明月区云峰冲，父母兄长均已去世，毫无牵挂，长期居住在云峰小学，以校为家。云峰小学处在崇山峻岭之中，周围全是茂密高大的树木。我和储俭忠翻山越岭，好不容易才找到那个云峰小学。校园整洁，校门口用他的手写体书写着一块匾额"云

桃李花开

峰小学",校门两旁也用他的手写体分别写着"好好学习,天天向上",校园内悬挂着国旗。学校就他们夫妇两人,一百多个学生,按复式班方式教学。其夫人叫嫁凤骄,是他师范班的同学,后来与还喜迎一起转为了公办老师,他们的儿子已50岁,是星城一个区政府的公务员。他们夫妇的家非常简陋,除了书籍,一台电视机,餐具,什么也没有,连手机也没有。

我和储俭忠去看望还喜迎夫妇的时候,他们正在给学生上课。看见我们去了,他们很高兴。还喜迎把我们俩安顿下来后,兴奋地说:"我也想死你们了,在这儿住下来,晚上我们好好聊一聊!"

当晚,我和储俭忠同学在还喜迎的家里促膝相谈。看着我这位64岁的学生,也是我的同事,模样已大变:头发苍白,弯腰驼背,脸上布满皱纹,不过笑容始终不离,红光满面。我深感欣慰,心底一片钦敬之情!

储俭忠同学是仙岳县日杂公司的销售经理,人脉很广,生活很富裕快乐。他看了看还喜迎,沉思了一下,不解地问:"喜迎,以你的才能,你从来没想过调到山冲外的学校工作，调到仙岳县城工作，或调到建宁市工作吗？"

还喜迎不假思索地说："哈哈，我倒是确实没想过这个问题！在自己的老家山冲当老师，自有我的情趣和快乐。一晃一辈子就过去了，而今我更没这个想法了！"

听着还喜迎的回答，我更深受感动，心里伸出大拇指大大点赞他！

储俭忠又问还喜迎："老同学，到时候你们夫妇俩老了，没有工作能力了，想不想搬到星城你儿子那里去居住啊，或搬到建宁市去居住啊？"

还喜迎说："我离不开这片乡土，放不下这一腔家国乡土情怀！"

接着还喜迎说："我们这块偏远乡土，虽不出名，但现在我教过的学生遍布全国。有从事交警的模范，有扫黑的特警英雄，有反腐败的精英，有科技战线的专家，有创办企业公司的总裁，可以说也是桃李满天下了。"

在还喜迎的安排下，第二天上午我和储俭忠听了

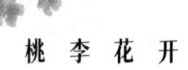

还喜迎夫妇几节课。课堂里，孩子们学习兴趣盎然，生动活泼，热烈欢腾。我搞了一辈子教育，从没听过这样好的课！

那天下午回到仙岳县城，储俭忠同学驾车把我送到星城家里后，我久久不能平静。我想到了"春蚕到死丝方尽，蜡炬成灰泪始干"这句诗。我的这位得意门生，也是我的同事还喜迎，就是一支难得的蜡炬，一位无限荣光的园丁！但愿他们夫妇俩老年在那片可爱的乡土，万事如意，吉祥安康，延年益寿！

问有成

——书法诗词志趣

2014年6月28日下午,三位远方来客邀请我和老伴妹嫁清在星城崖花酒家聚会。三位远方来客,一位是我在仙岳六中高十班的学生问有成及其夫人,另一位是问有成单位一个项目的主管人。

聚会情义浓浓。在酒家院子里拍照留念、散步、赏花、交谈,流连忘返。

餐饮期间,问有成深情地对我们夫妇说:"高中毕业后,40年没见过两位老师了,好想你们啊!你们身体都好吗?"

望着我这位已不年轻,风度儒雅的学生,我感动

桃李花开

地说:"还好,还好!你怎么想到来星城的呀?"

问有成又动情地说:"我想念你们,和单位的这位领导,从南方回北方的单位接受新任务,抽空就来看望二位老师啦!"

问有成的这位领导这时也急忙热忱地说:"确实,两位老师!有成同志一路念叨你们,极力说服我陪同他到星城来看望你们。"

听着问有成深切的诉说,往事像电影一样从我脑海中翻过。

问有成的最大特点是爱学习,尤其喜爱书法和诗词,有探索精神。

1970年3月,我结束在仙岳县五七干校的劳动锻炼后,被重新分配在仙岳县六中任教。那年上期我担任初25班班主任和初25、26、27三个班的语文及历史课,问有成是25班的学生。1973年问有成升入高中,编在高十班,我仍然教他语文课。

我记得那时的问有成中等身材,高高的额头,乌黑浓密的眉毛。说话语音不高不低,不粗不细。谦逊,不张扬,不炫耀。做好事,作贡献,不求报偿。

我印象最深刻的是，他的字写得非常漂亮，擅长写毛笔字。这在当年那代青少年中，确实是凤毛麟角！所以，当时很多班主任老师常常在期末，托请他将评语誊写到学生手册中去，学校有关部门也常常托请他用毛笔书写大幅通知之类。但他每次完成任务后，只是抬起头真诚地微微笑一笑就走开了，从未祈求谢意和赞赏。

通过别的老师和问有成同班同学的陆续介绍，还有我以后看到的问有成著作《新陆》，我了解到他7岁丧母。1970年进仙岳六中读初中，1975年在仙岳六中高中毕业后回乡务农，1976年在村里当民办老师，1976年10月应征入伍编在铁道兵部队，1977年他父亲去世。1978年在铁道兵部队子校任教，1984年集体转业到铁道部工程局继续在子校任教。2001年5月至2017年4月在中铁十八局集团公司指挥部办公室从事文秘工作。

我还知道问有成的父亲是一个典型的山乡村民。他的父母清贫辛劳，他们连自己的姓名都不会写。而他自己幼时和少年时期上学读书艰难，缺少家庭文化

桃李花开

熏陶,最高学历也只是高中。但他勤奋好学,力求上进,不断求索,发奋提升自己。后来他书法的技艺和诗词的精湛,都是他自己不断求索得来的!

2017年问有成60岁,进入退休年龄。作为自己的生日礼物,他汇编了一本书,名曰《新陆》。那年12月他带着这本书,从西秀市退休回北方田锦市的家。中途特意在星城下车来到我家,送了一本《新陆》给我。

我翻看着《新陆》这本书,非常兴奋,非常感动。里面有一篇文章,说到他高中毕业后,与我回复电话和微信联系的情景。文章说:

"2014年夏季,我在网上发表了一篇博文《同学,还记得这几位高中时的老师吗?》"该文章接着说,"这些老师是甄左强、奏可司、舟茁林、笑叶乡、游书评。"在该文章,问有成把我的名字排在第二,即当年学校党支部书记甄左强之后,这说明问有成当年对我的印象多么深刻!

问有成在该文章还说,他在博文看到了我的回复,知道了我的手机号码,于是与我有了电话和微信联系。这样就有了 2014 年 6 月 28 日下午，三位远方来客邀请我和老伴妹嫁清在星城崖花酒家聚会的事情。

更吸引我的是问有成在《新陆》这本书里，谈他对书法和诗词的探索。

在《新陆》这本书，附录了 17 幅他的书法作品。他的这些书法作品，魏隶楷行草俱精彩。魏书厚实古朴，隶书庄重清秀，楷书端庄秀丽，行书萦绕牵连，草书时而龙飞凤舞，时而行云流水，时而狂风暴雨，尤其是他的毛体草书作品洋洋洒洒，更是精彩！谈到对书法的求索，他在这本书的《后记》说：

"我 7 岁上小学，家里穷，买不起硬笔，从一年级第一个星期画圆圈起，到初中，都是用毛笔写作业。孤陋寡闻，从未临过帖，一直以为把字写端正就是书法了！

"2013 年，我待岗在家。一个傍晚散步，看见小区的臣君心老师在大理石的人行道上写地书，他让我也写几个字。看了以后，他不客气地说我的字很飘，得临帖！我才开始重视对书法的认识。于是买了欧阳中石先生的《书法概论》来读，买了黄自元等先辈的法帖来临。才知道祖国书法的源远流长，博大精深！才感到自己的字是如此之赖！这就是学然后知不足吧。学习书法应有一个过程。也许是一个极其漫长，极其艰苦的过程，一个极其艰难的求索路程！有些人认为自己年岁大了，练不出来了，这是不对的。有些人认为学书法没有天赋不行，也是不对的。所谓天赋，不过在某些方面悟性高一些罢了。尽管我处于涂鸦状态，只要我对书法有兴趣，只要我认识到练书法有益身心，只要有敢到歌舞厅的豪气，有上麻将桌不服输的精神，我想我的书法就一定能有长进！"

《新陆》这本书汇编了很多诗词。有古体诗、近体诗和现代诗。现代诗《我的父亲》《映山红的记忆》，古体诗《黔中高铁送内子回乡》和词《江城子·生日抒怀》最感人，读来潸然泪下！

在《新陆》这本书，附有他人在书报和刊物上登载的《格律诗写作之起承转合》和《七天学会格律诗》两篇文摘。对诗词的求索，问有成在《新陆》这本书的《后记》说：

"谈到古体诗，尤其是近体诗，讲究平仄对仗用韵，束缚很多，写作很难，不是当前所提倡的，但我很喜欢，从中学读《长征》起就喜欢了。这本小册子，除了我写的几首拙诗外，还选录了他人在书报和刊物上登载的《古诗十九首》《陶渊明田园诗》及评析，权当我对古诗词的热爱，对祖国文化瑰宝的追随吧！"

我一边翻看，一边不解地对问有成说："那么，你这本书为什么叫《新陆》呢？"

问有成不假思索地说："《新陆》就是通向新大陆口岸的意思。我要用以往的知识积累、文化沉淀，去求索、去提升，争取更多更大的成果！"

听了问有成的回答，我心底对他的钦敬油然而生！

2017年12月18日，问有成写有一幅自撰的中堂行书七言古绝《咏〈仙岳六中歌〉》："六中坐落马嵬坡，四面荒凉黄土窝。当年苦乐常回味，今诵先生动地歌。"诗书并茂，画面宏大，用词准确，音韵和谐。

桃李花开

2021年1月,我的《和堂诗词选》出版时,我将问有成这幅书法作品编排为代序三。亲朋好友看到书中这篇代序,都大加赞赏。说这篇代序的诗情深意切,尤其是字写得精到,比我的字漂亮多了!

问有成从青少年时期起苦练毛体草书,很有收益。2024年4月18日,他在朋友圈发布了用毛体草书撰写的古体诗:"天下男女多如草,三观相同最难找。珍惜当前结缘人,冲动分手悔到老。"吸引了不少人关注。

第二天我衷心地在朋友圈发表了对他这幅书法作品的赞颂:"有成同学,很钦敬!人生感悟,精彩书法。路漫漫其修远兮,吾将上下而求索。期望你对书法和诗词的求索有更大的成果!"

鹤庆荣
——历练和助推

2014年春节前夕，我在一个文摘报上看到著名作家耳悦鹤先生的文章《读鹤庆荣"反腐三部曲"有感》，很惊喜地知道这三部曲的作者，就是身为中国作家协会会员的鹤庆荣同学。我很快和他通了电话了解情况，向他祝贺，没过几天他将这"三部曲"寄了一套给我。翻看着这宏大的三部曲，想到这么多著名人士为这"三部曲"题词，仙岳籍的著名书法家理妥为这"三部曲"的封面题字，耳悦鹤先生对"三部曲"热忱精辟的评论，引起我许多回忆和感慨。

鹤庆荣的家乡在建宁市仙岳县达彰区将编铺。

桃李花开

1970年上学期,我刚调到仙岳六中,他刚进初中,编在初25班,我教该班语文,而且任班主任。当时初中和高中都是两年制,春季招生。该校地处偏远山区,是贫困地区。他家兄弟姐妹多,很穷。家人多次不让他上初中了,要他辍学在家里干农活,帮助他父亲减轻一些负担。那年下学期一个傍晚,我去家访时,见到了他的父亲。听说我来家访,他父亲急忙从水田赶回家,卷着裤腿,打着赤脚,脚上沾满泥土,壮年汉子,一个典型的中国南方农民的形象。我对他父亲反复说,应该让孩子继续读书。看孩子平日表现,将来可能有出息。学费问题不必有顾虑,我可以向学校申请每个学期给他评最高助学金。这之后鹤庆荣又上学了,在仙岳六中他一直读到高中毕业。

鹤庆荣是长子,很懂事,体恤父母,生活节俭朴素,吃苦耐劳,课余时间常下田劳动,或上山砍柴到邻近的攸州集市去卖钱。印象中他从未把聪明才智用去搞那些花里胡哨的事情,很务实,爱看书,很有远见,不像其他同学,爱嬉笑玩耍。他顾不了那么多,小小年纪就承担了养家糊口的责任,一有空闲时间就得去赚钱，挣工分。但为了搞文艺宣传，指定他担任班上文艺节目的主角和一些女同学排练，他笑眯眯地并不拒绝。我喜欢他也是因为这些。最近，他在电话中对我回忆起一件事：有一次天气特别好，便于出行，他写了一首诗托同班学友鹤德邻给我作请假条，说要去邻近的攸州鸭强桥集市销售姐姐编织的草席。我在班上念了这首诗，称赞他的诗写得好，准了他一天假。结果那天他一床草席都没卖掉，也没吃东西，返回到攸州泰桥边的一个村路口，向一户人家要水喝，那家的一个女孩感到他没吃饭，立马盛了一碗饭给他吃……这种事情如今听他叙述，我仍感到无限的怜爱和辛酸。

当时学校德高望重的领导老党员甄左强同志，任庆荣同学班的政治课老师，发现他思维很活跃，课堂上勇于发言，善于发表总结性的意见和个人独特的见解，觉得他是个好苗子，嘱咐我要好好培育他。学校恢复学生团组织时，我做了他的入团介绍人，他成了该校第一批团员，后来他也就成了班上的团支部书记。

桃李花开

庆荣同学进入初二时,我转教高中,没当他班主任了。他高中毕业后在家务农一年多,1974年下学期被批准入伍。临行前他穿着一身崭新的军服来向我辞别,羞涩地向我敬了个标准的军礼,我当时一阵惊喜,心里说:雏鹰就要展翅飞翔了!我当他班主任时还年轻,初出茅庐,经验不足,身体也很差,患有严重的胃溃疡,和他们这些学生在一起完全是"教学相长",对他说不上有什么特别关心的,可他一直没忘却我。

1999年,他从部队转业到地方行政部门,2002年国庆节期间特地到长沙来探望我,讲了他入伍后的一些情况。这使我很感动,很难忘。从那以后我与他失去联系,十多年没见过他了。没想到在十多年繁忙的工作之余,他写出了三部这么有分量的著作。据他透露,他还有两部书即将出版,一部书为《中华监察史》,从先秦至明清,历朝历代惩治腐败的状态,体制机制,运行效果以及对现实的启示等等,都有论述,每朝十章,约350万字,共十一册。第二部书《中华著名御史》,约210万字。他还透露,在繁忙工作的这些年积累了不少反腐素材和体会,准备退休后写这方面的长篇小说。我相信在这方面他也必定能取得丰硕的成果。

庆荣同学并非出自书香门第。父亲是个典型的南方农民，母亲不识字，据说连人民币上的文字都不认识，家庭的历史文化熏陶并不浓厚。中小学的书他念得很辛苦。在部队这个大熔炉里，根据部队的需要，他从做士兵起，先后读过好几个军事院校。在汽车工程学院学过汽车修造专业，在石家庄陆军指挥学院学过军事指挥，在国防大学学过战略战役专业，1993年被授予上校军衔。转业后他在中国社会科学院学过商业经济，在华东师大学了法学专业并获得法学博士学位。

我曾在电话中询问庆荣同学，是如何从军人、党政工作人员向历史学者，廉政文化作家角色转换的？他说："老师啊，我就是爱读书，这是我长期学习积累的结果。"他告诉我当兵时，除了培训、出操、执行任务，他所有的空余时间就是读书，把军营图书室所有的书都读完了，政治、军事、经济、历史、地理、哲学，还有小说、诗歌、传记、回忆录，都读过。有

桃李花开

一段时间，他们部队在一个军事要塞完成一个军事项目，他利用空闲时间把当地图书馆的书都读完了。转业到地方后，工作之余他的爱好仍然是读书，他是北京两大图书馆的常客。有时为了寻找和抄录一个资料，往往跑到这两个图书馆几十趟。为此，他笔记本电脑就用坏了30多台。存资料的移动硬盘堆满了一抽屉，优盘更是不计其数。他说，部队锻炼的党性和时代责任感，促使他自党的十八大以来，从战略和全局的观点、从高端的层面认识到当前党中央推进反腐倡廉的重大意义，觉得必须配合党的需要，写一些反腐倡廉的历史读物，于是就把长期积累起来的那些资料编写起来了。我听了他的叙述，又是一阵深深的感动。

庆荣同学老家的所在地仙岳县达彰区将编铺青峰寺，是当年革命前辈根标的革命根据地。他得到上面这些著作的稿费后，立即出资重建青峰寺，在寺内修建了根标革命事迹展览馆，并要我撰写了楹联：青峰磅礴，再建巍巍大仙古寺；展室辉煌，弘扬荡荡英烈精神，以及横批：继往开来。他还出资为家乡和攸州修建了多个文化学习场所。

关于庆荣同学"反腐三部曲"的重要意义和所取得的成就，以及他的其他著作将取得的成就，不是我能阐述得了的。他在历史和廉政文化的建树锐不可当，我不需要向他多说什么鼓舞勉励的话了。我想说的是：不错，一个人的成长，取得的成就，离不开环境陶冶，离不开机缘，但唯物辩证法认为外因通过内因起作用。伟大的中国人民解放军确实是一个大学校，是锤炼年轻人的大熔炉，但如果自己不坚持勤奋好学，广泛阅读，长期积累，不经过艰苦历练，部队再好，现在的单位再好，社会提供的平台再大再好，不充分发挥自己的内因作用，也不会有什么学识和成就！庆荣同学以他长期坚韧的努力，丰富的学识，鲜明的党性，为家乡和母校争了光，为部队争光，为党作了贡献，值得庆贺！2014年12月2日，我写了一首七言古绝赠送给他，称赞他是"年少本色勤与俭，青春军旅受磨炼。反腐倡廉多著作，喜爱阅读是关键！"这也是我要对我自己的子孙和现在各级各类学校的同学们所要表达的深刻感慨，希望能对他们的成

桃 李 花 开

长有所启迪和鼓舞！

2018年国庆期间，庆荣同学邀集高一、高二班的两个同学与我和老伴妹嫁清聚餐，我给他们每人赠送了一本自印格律诗词集，370多首，他很高兴，极力助推正式编印出版。回北京后，他为我这本诗集写了长篇热情的序言加以称赞和推荐，并为我联系了出版社为我出版，2021年1月正式印刷出版发行，这就是我的第一本著作《和堂诗词选》。那个时期正是新冠病毒感染疫情肆虐的时候，外出多有不便，我年老体衰多病，腿脚疼痛，行走也很不方便，只好就势闷在家里撰文写书。一发不可收，至今已出版发行了八本著作。我每出一本书，庆荣同学都及时对我大加赞扬和支持，使我深受鼓舞，大有继续写下去的劲头！

庆荣同学自己事业大有所成，著作等身，却不忘助推他人吟诗作词，撰文著书，实在令我感动和感激！

2023年11月16日，我在朋友圈看到庆荣同学发的图片，知道他住进了北京协和医院东院，打吊针，做理疗。我很忧虑，给他发微信询问，他在微信里回复我说，本来退休了可以轻松些了，因为临时接受领导一个紧急任务出差，很忙，三天三晚睡不着，中风了，所以住进了北京协和医院治疗，幸好经治疗没有什么后遗症。我知道他多年患糖尿病并发高血压病，系长期劳累所致。不经意之间，他也是快70岁的老人了，不知他现在身体如何？但愿他快乐过好每一天，争取为党和祖国，为家乡多作贡献！期望他有更多著作面世！

桃 李 花 开

合与祥
——仁心和凝聚力

2016年10月5日至7日,仙岳六中七六届同学在仙岳县城举行隆重的毕业四十周年聚会。全年级共三个班:高十、高十一、高十二班。主办人是高十一班文娱委员合与祥,当年我是她班主任和语文老师。她性情开朗活泼,能歌善舞,吹拉弹唱样样俱行,退休前是迈炼卫生院医护人员。在衡阳医学院学习时,曾在省人民医院实习,该院医训"仁心仁术",成了她日后立身处世的宗旨,行为准则。

合与祥退休后,与她先生长期居住在星城儿子处带孙子,赡养腿脚不好、行动不便的老母亲。事先她用手机电话通知我，聚会的住宿地是仙岳四中西大门便捷酒店。10月4日，我因乘公交车未及时到达仙岳四中西大门便捷酒店。我用手机打电话给她，询问是不是确实安排住在这个酒店。她接到电话后，热忱地到酒店门口搀扶着我进入酒店。

把我在酒店安顿好之后，合与祥回忆起当年高十一班的情况。她兴奋地说："1975年上学期我们高十一班被评为仙岳县优秀团支部，出席了当年的县级团组织先代会，好高兴的事啊！高中毕业四十周年了，昔日的读书声，欢笑声，至今难忘。每当谈起这段人生经历，就倍感亲切，激动不已！因为在这个班级里，我们结下了深厚的友谊，纯真的情感。而今我们已人到老年，更加思念这份真情，珍惜这份友爱！"

合与祥接着说："早几年我也组织过高十一班同学聚会，觉得不满足。所以我又倡议举行这次七六届同学聚会。大家推选我为组委会主任，既然如此看重，我也就没推辞了。"

合与祥的先生也是迈炼卫生院医护人员，仙岳六中高二班的学生，还是她在衡阳医学院学习时的同学。聚会期间，合与祥的先生坚守在星城儿子处带孙子，赡养合与祥腿脚不好、行动不便的老母亲，使得合与祥得以安心组织聚会活动有条不紊地进行。5月6日上午，七六届三个班在仙岳西山娱乐城举行茶话会和午餐。我在聚会活动间隙询问高一、高二班同学的情况，合与祥说："高二班的呼名胜部队复员后在仙岳县电瓷厂东门开了一个餐饮店。他夫人患重病，生活比较困难。早几年我和先生一起去看望过他们夫妇，并给他们捐了一万元。"我听了，大为欣慰赞赏！

5月7日上午组委会组织全年级同学去革命前辈根标故居参观，坐在旅游大巴车上，我向合与祥问起高二班望陵的情况。她说："望陵也是迈炼人，我们小学、中学都是同学，是玩得最好的朋友。她历来身体不好，有严重糖尿病和高血压。我和先生经常去看望她，向她表示慰问。"听了合与祥讲对同班同窗学友的关心，我放心了。

看到仙岳六中的同学们相互这样关切，我问合与祥："这次同学聚会，搞得这么隆重，开心，你有什么体会？"

合与祥沉思了一下，回答我："凝聚力很重要。大家这么积极参加这次聚会，主要是看重我喜欢热闹，活跃，真心，仁心！"

5月7日下午，聚会活动顺利结束，合与祥从西山娱乐城送我和高十二班班主任聊诗遒老师乘火车回家。正是深秋季节，树木茂盛，漫山红遍，一派浓情。她说，这次年级聚会每人交了500元活动费。聚会结束时，组委会本可以给每人发一份礼品带回去。但有20位同学，因身体原因没来参加。组委会开会决定，取消给每人发放一份礼品的计划，将剩余的资金10000元赠送给因病残没来的同学。所以她还要留在仙岳县住几天，去看望那些病残同学和赠送慰问金。她祝愿我和聊诗遒老师平安到家，祈盼我和聊诗遒老师能理解为什么没有给我们发放礼品。

我和聊诗遒老师原来是由组委会免交餐饮费和住宿费的。听合与祥如此说，非常感动，于是立刻返回西山娱乐城组委会资金收纳员处补交了500元，用作给那些因病残没来参加聚会的同学的慰问金。

乘火车回到家后，5月8日上午我吟诵了下面这

首七律，表达我参加这次聚会的感受：

　　　　金秋聚会见精神，
　　　　离别情深四十春。
　　　　年级订餐空数席，
　　　　同窗合影缺多人。
　　　　挂怀残病艰难者，
　　　　剩下资金赠养身，
　　　　同学一番如手足，
　　　　感天动地世风新。

这次聚会活动回家后，我更不时翻看合与祥在朋友圈发送的图片和感言，深深感叹：她真是一个好医生、好儿媳、好夫人、好奶奶、好同学，真是风采人生，值得赞赏！

笑从容
——担当和忠诚

2012年10月2日,我和老伴妹嫁清,与仙岳六中高二班的和风旗和伊韵翔重游仙岳六中。

和风旗和伊韵翔一路对我们夫妇二人照顾有加,他们还通知同是高二班的笑从容一起来游玩。

笑从容是明月中学的校长,是高一、高二班那一届同学中唯一担任初级中学校长的同学。和风旗与他在同一学校任教,同是明月镇人,而且该校一半以上的教职员工都是原仙岳六中的同学。

快45年没见过笑从容了,他赶来时竟气喘吁吁,我很疑惑。和风旗告诉我,笑从容患有严重高血压、

糖尿病，系工作负担过重、劳累所致。

这我知道。笑从容当年在高二班时，就学习很认真，工作很负责。他个头不高，白皙的脸，平时不高谈阔论，说话斯斯文文。现在他当校长这么认真，全校的教职员工这么拥戴他，是传承和发扬了他做学生时的良好品行。

据和风旗介绍，笑从容工作中敢于担当，对党的教育事业忠诚不渝。明月中学创办于1975年春，学校于2009年顺利通过省合格学校验收，发展到拥有固定资产600万余元，占地面积12400平方米，建筑面积5450平方米；9个教学班，441名在校学生，36名教职员工。其中本科学历27人，大专学历5人，高级职称4人，中级职称19人，初级职称13人。学校坚持"以德治校、科研兴校、创新施教、质量立校"的发展思路和办学特色。近年来，学校教师积极参与教育科研。2004年该校主持的《渗透式美育教育》研究课题，获得了建宁市一等奖；2006年开发的校本课程《明月镇风情》和《明月镇玻璃椒的栽培与加工》，获各级领导的高度赞誉，成为全市校本课程开发的范例。近三年来，教师获奖论文数十篇。学校校园环境优美，教学设施齐全，生活环境舒适，办学效果优良，桃李满天下，为高等学校和其他部门培养了大批德才兼备的人才。有3名清华学生，2名北大学生，2名中国政治大学学生，都是明月镇中学初中毕业生。有广校辉、何梁彩、伙学魅等同学出国留学。

和风旗还告诉我，笑从容和学生时代一样，乡土观念和家国情怀很重。我们明月中学附近有一座明月峰，是全县最高峰，与攸州县、路斗县交界，海拔859米。他倡议在明月峰面向攸州县、路斗县、仙岳县篆刻碑文，颂扬乡土风貌和祖国壮美山河，也可建成旅游景点，提升乡土经济。我们很多同学都响应他的倡议撰写了碑文，明月峰顶上那个最大的篆刻碑文，就是他自己撰写的。

2012年10月6日，我们夫妇重游仙岳六中返回星城时，我一再对笑从容说："你也是56岁的老人了，今后一定要多多保重，争取以后对后代、对家乡、对祖国多做点贡献。"他高兴地答应了。回到星城后，我特别注意翻看他的朋友圈，知道他2016年退休后

的一些情况。

  退休后的笑从容很忙。他在家全职照顾孙女,还帮孙女报名参加了英语培训班,辅助孙女从小学好英语。他自己是村镇上的老年志愿者,经常向城镇中小学生和居民们作禁赌禁毒的宣传报告。

  看到笑从容在朋友圈发布的这些情景,我心中轻松多了。

  衷心祝愿我这位斯斯文文的学生吉祥安康,家庭生活美好,生活更幸福,延年益寿!

何俭我
——俭朴和奉献

何俭我是仙岳六中首届高中毕业班高一班的学生，后来与高二班的留平称结为夫妻。

何俭我高高的个子，红润的脸庞，性格豁朗。别人开他玩笑时，他总是张着嘴露出一口大白牙嘿嘿地笑。

早晨和傍晚，何俭我与同学们结伴上学或放学回家，看见路边有树木或树枝，就会捡起来背回家里去用。看见路边的溪流里有鱼游动，他就会下水把鱼摸上来送给同学带回家，或自己带回家吃。

2012年10月2日，仙岳六中首届高中毕业班高

桃李花开

一班和风旗同学，带领我到明月中学探访。一路上，和风旗兴奋地告诉我，明月中学一半以上的教职员工，是原仙岳六中高一、高二班的同学，笑从容当校长，何俭我当总务主任。

和风旗说，现在明月中学成了仙岳县南乡的一面旗帜，桃李满天下，何俭我功不可没！

和风旗接着叙述，何俭我这个人生性俭朴。当总务主任，亲自种植蔬菜，供学校食堂教职员工们食用。老师们用过的碎粉笔头，他总是收集起来，做成新的粉笔头供老师们再使用。有一段时间，教职员工们羡慕别的学校配发了校服，何俭我和笑从容耐心说服老师们应该以教学为重，不必配发校服。但他并不吝啬。明月中学地处偏远山乡，是个穷困地区，许多孩子面临辍学的可能。他和留平称两口子捐资2万元，在学校建立了一个奖学基金会，帮助那些家庭困难的孩子上学读书，受到家长和教职员工们的普遍赞扬。

明月中学有老师取笑他夫人留平称："你为什么和他结婚？"

留平称笑着说："我就是喜欢他这种傻气！"

我听了和风旗的叙说，也高兴得禁不住嘿嘿地笑起来了！

时间飞逝，一晃到了2016年，何俭我打电话给我，说他和留平称都已退休，长期住在城关镇儿子家，邀请我和老伴妹嫁清到他们家玩。

高二班的乡锦荣驾车将我和老伴妹嫁清送到了何俭我夫妇家后，我看见他家客厅悬挂着乡锦荣书法作品《沁园春·长沙》《三国演义》开篇词《滚滚长江东逝水》，还有他不少精彩的工笔画，不禁对乡锦荣的才华大加赞赏。乡锦荣也十分高兴。

后来乡锦荣专程从建宁市他的家，驾车到星城给我送来了他的书法作品和工笔画，并向我介绍说，何俭我退休后住在儿子家，被选为小区业委会主任。他不改俭朴奉献的品行，每天闲不住。他儿子居住的小区，是个很大的园区，面积160多亩，将近700户人家。

和风旗说，何俭我刚上任业委会主任时，每天12小时巡查。总是一清早就提着个小篓子，拿着一把长铁夹，到处收捡废物垃圾，不觉得丢身份。

后来，何俭我看中了小区东门公路旁边，一处堆放废弃建筑材料和建筑工具的地方。于是他号召业主捐款，在此处建起了一个阳光宣传栏，并面向公路建起了一片广告牌对外租赁，每年为业委会赚取了不少资金。

再后来，何俭我发现小区西面的一个泉水洞是个好处所。于是他又发动业主们捐款，并利用了大量废弃建筑材料，建起了一个水帘洞荷花池。水池周边安装了光彩耀眼的荧光灯。业委会常常夜晚在这里召开业主座谈会，进行时事政治宣传，或进行文艺汇演。

总之，他这个业委会主任，做了一件又一件好事，受到业主们的高度赞扬。

魏爷爷赞颂说："何主任是平凡事，家国情，有心人！"

接着，杨奶奶用楷书写了一幅大标语，悬挂在阳光宣传栏颂扬：美好事出自有心人！

洋拼男

——奋进有为

1977年11月8日中午,潇湘莲城气温暖暖的,阳光明媚,人们欢颜笑语,迎接教育事业大发展的到来。莲城地区教育战线先进代表大会正在该城召开。马路那头一支队伍缓缓走来,每个人胸前戴着大红花,他们就是先代会代表。先代会开幕式已结束,他们正在返回住宿的宾馆,这支队伍的后面是敲锣打鼓的队伍,站满街头两旁的人们热烈鼓掌欢迎。

下午,我在街头一家商店购买日杂品时,遇到仙岳六中原高一班女生洋拼男,我好奇地问:"哦,洋拼男,你怎么到莲城来啦?"

桃李花开

洋拼男惊喜地说:"哦,老师,我在莲城参加'先代会'!"

我不解地问:"昨天你怎么没和县里的代表一起坐专车来呀?我在车上怎么没看见你呀?"

洋拼男说:"唉,老师,说来也不好意思。我迟到了!昨天早晨我正准备从学校坐班车到县城乘坐专车到莲城来参加会议的时候,一个老师因突发疾病,前天晚上住进区卫生所了,没人顶课,我替他上完那节课,才赶到县城坐班车赶到莲城。匆促之间连日常用品——牙膏、牙刷、毛巾等都没来得及带,所以下午到这家商店来采购……"

听了洋拼男的叙说,得知洋拼男也是来参加先代会的,我心里异常钦敬也很羞愧!她一个女孩子,从教不到五年就被光荣推选来参加这个先代会,真是了不起,奋发有为!

我异常喜悦和兴奋地对她说:"拼男,祝贺你呀!你可能是最年轻的代表了,值得我们大家好好学习!"

回到先代会住宿宾馆和回到仙岳六中后,我不断点点滴滴回忆起洋拼男光荣的成长道路:她是仙岳六中高一班的团支部书记，长期在校住宿，学习很勤奋，工作很负责，班主任是霍郁央老师，我任该班语文教员。她性情沉稳、细腻、柔和、真诚，不偏激、不纠结，很受同学们尊重，是班主任的得力助手。那时她哥哥洋正谱常到学校来了解她的学习情况，代她父母来送衣物或食品。他们的父亲是个经营木质雕刻的工匠，境遇并不好。

1972年春，洋拼男高中毕业后，考入攸州师专，毕业后分配达彰区初级中学教英语。该校就在达彰区拜课镇，离我工作的仙岳六中也就是她的母校不到一公里，我们每周或每月都能见面。1987年，全国开始评职称，我听到老师们兴奋地相互传说，她评上了高级职称，是高一、高二班第一个评上高级职称的同学。1988年，洋拼男考入湖湘师范大学英语系深造，毕业后继续在达彰区初级中学教英语。

2001年，国庆节假期的一天中午，星城顾群外贸集团大酒店宾客满座，金碧辉煌。仙岳六中首届高中毕业班高一班和高二班的同学们，为我举行六十寿宴庆。聚会期间，我问起洋拼男家庭生活和工作情况，

桃李花开

她搀扶着我,边走边温和地说:"老师,高中毕业后,由长辈介绍,我与高中同班的游广绘结了婚。老师,你还记得他吗?他现在是达彰区委的干部,我和他有一个儿子。儿子部队转业后,安排在莞城消防大队当政委。我现在很忙,常要在学区做业务辅导报告和业务培训……"

2010年洋拼男退休后,在莞城与儿子居住在一起。她的父母均已去世,其丈夫游广绘也因重病去世了,而且她哥哥洋正谱于2021年也因重病去世了,享年80岁,这又给了她一次很大打击。她哥哥洋正谱,与我同时被达彰区委批准加入中国共产党,而且与我同龄,因为当年他常到学校来,对我很友善。得知这一消息,我也深感哀痛。

2018年我们夫妇去广州旅游,洋拼男非常高兴,热忱接待我们。常有居住在广州的学生来看望她。看得出她神情虽然豁达,内心还是在深深思念着已逝去的父母、丈夫和兄长……

返回星城后,我常心怀忧虑地翻看她的朋友圈,内容很多,感慨良多:

有她对丈夫游广绘的悼念：

2019年3月10日，"明天是你的生日。你一走十四年，望你也在天堂过得快乐，也望你保佑我们全家健康幸福……"

有她对学生和教师职业的称颂：

2020年9月8日，"学生都毕业二十三年了，在每年教师节都手捧鲜花专程从浙江、广州等地来看我，很是感动，也很欣慰！他们真是太有爱心了，在此让我衷心地感谢，感谢我的每一个学生长期以来对我的关心！"

2020年9月8日，"教师节即将来临，不知哪位学生给我寄来了如此漂亮的花！在此表示衷心的感谢！也祝各位朋友、同学幸福快乐！"

2022年9月10日，"在第37个教师节，收到学生的祝福和礼物，得到原单位领导、亲人们，景湖春管理处和下一代对我的关心和问候，深受感动，幸福满满！选择当个人民教师，无怨无悔！"

有她对我发表的散文，《镜水塘的感召》的称颂：

2021年3月7日上午，"这是我高中语文老师在

桃李花开

中国共产党建党100周年庆典即将来临之际，有感而发。谢谢大家的关注！"

有她对当年同窗学友和老师的怀念：

2017年2月27日下午，仙岳六中高二班和风旗在"原仙岳六中同学群"发布图片和感言说："凡在仙岳六中工作和学习过的老师和学友们，还记得它吗？只有它还在那庭院里，欲与天公试比高，阅尽校园春色……如今它两人一抱围不了啦。树荫如盖，顶冠超过了房子……它就是左院中的——红桂树！它一年又一年鲜花盛开，仙岳六中也桃李满天下。想想它，为它欢呼吧……"

看了和风旗的精彩影照和感言之后，我撰写了一首七言律绝称赞说："莘莘学子谁蹉跎，桂树开花赋赞歌。犹记当年苗稚嫩，而今香艳壮山河。"

2017年2月28日上午，洋拼男在"原仙岳六中同学群"回复说："老师，那棵树我还记得很清晰，在那里的点点滴滴好像就在昨天，对那里太有感情了！当年我和丽人还、奏艺韧、游书评、舟苗林、笑叶乡等老教师为那棵桂花树浇水施肥的情景记忆犹新。谢谢老师对我们的夸奖！其实没有老师的辛勤教育，哪有我们的今天啊！当年您胃痛，将胃部顶着讲台角坚持给我们讲课的情景，几十年了一直出现在我眼前，也一直激励我努力工作！我1977年参加高考，语文100分的总分，能打上88分，这难道不是您的功劳吗？所以说您真的是我最崇拜的恩师！"

2015年3月15日晚，洋拼男在"原仙岳六中同学群"收看了我为七律《赞和风旗摄仙岳六中旧址姿善学校红果树》和《高一、二班星城烈士公园及韶山合影》制作的"美篇"后，发布微信说："老师，您制作的美篇图文声乐俱备，真是太有心了！我们的集体照都保留得这么好！感谢您40多年了，还记得我们这些学生。您不但教给我们文化知识，还教我们怎样做人、怎样珍惜师生情、同学情。在您这里有学不完的东西，做您的学生真是太幸运了！"

看了洋拼男在朋友圈发布的这些内容中，有关对我颂扬的话语，我内心很不平静，很感动，很惭愧。

哦，如今的洋拼男也是70岁的女士了，愿她放弃一切思念，吉祥安康，让生命之树长青！

仰润花

——豪唱《祝酒歌》

2002年,国庆节假期的一天中午,星城顾群外贸集团大酒店宾客满座,金碧辉煌。仙岳六中首届高中毕业班高一班和高二班的同学们,为我举行六十寿宴庆。

一位将近50岁的汉子,威武昂扬,站在宴席厅中央引吭高歌,引得周边宾客一阵热烈掌声和喝彩!

这位引吭高歌《祝酒歌》的汉子,就是原仙岳六中首届高中毕业班高一班的同学仰润花。

仙岳六中所在地达彰区,是一个革命老根据地,仰润花的父亲是烈士子弟。

仰润花，魁伟的身材，红润的脸庞，常常满面笑容。其父亲是达彰公社书记，母亲是大队妇女主任。他爱学习，好读书，一手好文笔，在班上被选为语文课代表。

仰润花生性坚韧好强。学校山坡小平地，有一个单杠。很多同学常在那儿练手劲，班上大个儿男生贺四海，1.8米的个儿，一次能玩80下，大家很仰慕。他很不服，声称要争取一次玩100下。他咬着牙坚持练，有一次我和不少同学跑到山坡看他练单杠，只见他练得满头大汗还不停地练。练了个把月，他终于一次能轻易地完成100下了。他胖墩墩的，达到一次完成100下，是花了不少时间的，是够坚韧的了，同学们都对他非常敬佩！他练单杠的出色表现，获得学校体育教员游书评老师的热忱赞扬和勉励。游老师是仙岳中学界的知名体育教师，他说："仰润花是好样的！体育锻炼练体力，练意志，是事业成功的保障。坚持不懈，必有所成！"

那时高中是两年制。1973年春高中毕业后，仰润花参军当了五年海军秘书，那个大个儿会玩单杠的

贺四海,与他编在一个海军部队。从海军转业回乡后,仰润花任仙岳县委书记秘书,先后跟随该书记在张家界市和省政府发改处任秘书。

1994年左右,改革浪潮涌动着仰润花新奇的心,勾起了他施展才干的欲望。于是他毫不犹豫地辞职"下海",投入了仙岳顾群大型民营外贸集团,先后担任董事长秘书、常务副总经理等职。

仰润花富有后,同窗有急难他总是慷慨解囊。同学洋拼男先后丧夫和丧兄,仰润花都去看望和慰问了。每次同学聚会或聚餐,他总是抢先全额付款。他还捐款为母校仙岳六中修建塑胶球场,为大队修建通往国干线的公路,为拜课宙小学建立图书室,为达彰区修建革命烈士事迹展览馆。

有人认为,仰润花原先是公务员,以他的才干,前途无量,"下海"经商,未免遗憾。我倒以为仰润花"下海"经商,为国家创造财富,为自己增加财富,为家乡捐资造福,为同学排难解困,也不愧为一种贡献!

自那次仙岳六中的同学们为我举行六十寿宴庆

后，仰润花不时来星城看望我，情意浓浓。

2024年2月24日元宵节，我与仰润花电话相互问候时，他告诉我，今年他也70岁了。哦，岁月匆匆，一个当年青春勃发的青年，而今也是一位老人了！

仰润花不但善歌，而且书法精彩，常有书法作品在朋友圈发布，退休后书法作品发布尤多，令朋友们钦敬。

每次见到仰润花，每次看到他精彩的书法作品，我总是不禁想到，这位同学豪情善歌，坚韧不拔，积极进取，乐善好施，真是一位难得的有才华的桃李，鲜花灿烂开的桃李！

桃 李 花 开

宙拼
——军人风采

宙拼是仙岳六中高23班学生。当年老伴妹嫁清任该班班主任和语文教员,我教他在高28班的姐姐宙伟的语文。

1968年底,我和老伴妹嫁清从仙岳县一中,下放在仙岳县五七干校劳动锻炼。

他父亲叫宙叔狠,当时也在仙岳县五七干校劳动锻炼。

宙叔狠是一个老兵,参加过解放战争和抗美援朝战争。转业后是仙岳县委的秘书,在五七干校任办公室主任。

仙岳县五七干校地处仙岳县偏远南乡的山地清风寺，宙拼家就在清风寺附近。

那时宙拼每天在五七干校磨蹭，我们大家每天开心地逗他玩，对他印象特别深。

宙拼对他爸爸很亲密，很崇敬，对故居清风寺一带的风光特别热爱。早些年他曾在朋友圈发布了他爸爸在解放战争和抗美援朝战争中的一些荣誉证书。还发布了他家乡清风寺一带的风景图片，并发表感言说："最美家乡山，最甜故乡水，最爽山水间！""此刻家乡的月，似乎只属于我！众蛙争鸣，唯我入神！"

一转眼到了1980年，宙拼到了15岁，被录取在仙岳六中读高中，编在高23班，老伴妹妹嫁清正好任他班主任和语文老师。这时的宙拼已长得很帅气了，模样与他爸爸完全像从一个模子铸造出来的：不高的个儿，壮实的身体，浓眉大眼，厚厚的嘴唇，一张嘴就笑眯眯的。

1982年春，宙拼高中毕业，下半年参军。参军后驻地在羊城。1994年29岁退伍前，在羊城铁路局监管国防物资的运输，转业后在羊城物资调配部门工作,后因发展改制的需要内退。

宙拼,对军事和国防有浓厚兴趣,在朋友圈发布了不少黄埔军校的图片和感言。宙拼的家就居住在羊城黄埔区。

2017年8月,宙拼邀请我和老伴妹嫁清去羊城游览。

我们到达羊城后,他动情地对我们说:"每次回家乡探亲,客运汽车路过仙岳六中,我就会想起以往你们对我种种关爱的情景!现在终于盼到你们来,可以好好聚一聚了!"

在羊城他带领我们老两口游览越秀公园和黄埔区各个景点,亲自为我们一一拍照留念,深深的情谊令人感动!

宙拼内退后,曾对一条帖子发表感言说:"60岁是人生的真正开始!"

于是他报名参加了羊城摩托车自驾游览协会,决心将自己对家乡、对国家、对党的情怀,洒遍家乡。为了向妻子和孙子、孙女分享自己的快乐,他还购买了房车,安排在寒暑假带领他们一起旅游。

在房车里，宙拼添置了配有移动电源的电磁炉、卡式炉具气罐，有两种野炊模式，可以煎炸煮烤，以及其他实用物品。他说这是为了备战备荒备驾旅！

宙拼和他的家属游览了他以前军营的驻地，在朋友圈发表了不少图片和感言："战友亲如兄弟，革命把我们联系在一起。同训练同学习，同劳动同休息，同吃一锅饭，同举一杆旗！"

对曾经的军营，他的感言是："36年前，是这里让我得到了锻造，完成了从普通青年到军人的正能量转变，磨炼了意志，强健了体格！由于历次军改的需要，这里不再为国防服务。虽已物是人非，让人感伤，但情在这，记忆在这，第一颗纽扣，是在这里扣好的！"

宙拼自驾车与同伴们游览路过家乡时，拍下了家乡大量而今繁荣兴盛的图片，发表在朋友圈并发表感言说："故乡的山和水，真令我陶醉！"

宙拼同学，看着你从一个五六岁的娃娃长大，倏忽一晃，而今你也是一个59岁的老汉了。愿你这位羊城自驾游览协会佼佼者的雄姿，穿行可爱的家乡，壮丽华夏的大地,甚至穿行五洲四海,让中国军人的风采,中国军人的情怀遍地开花!

还有,你姐姐宙伟情况如何?40多年没见过她了,很是牵念!

洋求胜
——情义和乡愁

1994年暑假，我到仙岳县亲戚家办完一件事后，顺便去县教育局看望老领导和老同事。路过县教育局人事室时，一个亲切的男声呼叫我："奏老师，你好！你来啦？"

我定神一看，惊喜地说："啊，求胜同学，你也在这儿，干什么呀？"

这位求胜同学兴奋地说："我几年前调到县教育局工作，负责全县教职员工的人事工作。这样，你好不容易回仙岳县一趟，同学们都很念叨你，你就在这儿多住两天，今晚我邀集同学们聚餐！"

桃 李 花 开

我细细看去，眼前这个汉子：中等个儿，黑黑的脸庞，浓浓的眉毛，高高的鼻梁，有点儿像外国人的模样。

他就是原仙岳六中高十班的学生洋求胜。当年我教该班语文课。他家紧邻仙岳六中的星陂生产队。他父亲是公社的书记，一个很朴实、亲善、能干的国家干部。

20世纪70年代后期，乡镇企业蓬勃发展，但不重视绿色环保，所有山溪和江流的水都不能饮用。

洋求胜因为是仙岳六中的在读生，所以常在早晨和傍晚，挑着水桶到仙岳六中开挖的水井挑水回家饮用。但他的模样与他的父亲一样，很朴实，一种很感恩，很有教养的模样，并未显现出一点儿理所当然的样子。

那天晚上，仙岳县城下起了大雨，路途泥泞湿滑，不便行走。洋求胜却邀集了四大桌人员聚餐。多数是他昔日的同窗学友，后来的同事同行，还有几个我仙岳一中和仙岳四中的原同事。

餐后洋求胜把我和老伴妹嫁清夫妇俩送到宾馆歇

息。

我难为情地说:"求胜同学,聚餐的事,你何必搞得这么隆重,这么客气啊,太不好意思了!"

洋求胜说:"老师,有道是'喝水不忘挖井人',我是喝着仙岳六中的井水长大的,是仙岳六中的老师培育我成长的,这么做是完全应该的!"

听着洋全胜的这一番话,我深深感叹:"这真是一个有情有义、知恩图报的好人!"

问有成与洋求胜是仙岳六中高十班同学。后来问有成对我说过,洋求胜1975年高中毕业后,考入攸县师范,毕业后与同班同学结婚,在迈炼公社教书三四年后,调入仙岳县教育局任人事股的股长。他小舅子是仙岳县百图滩人,美国知名大学研究生,毕业后回国在深圳创办民营企业乐载公司,主要生产电机。后来洋求胜应他小舅子的邀请停薪留职,到深圳与他小舅子一起经营乐载公司。

洋求胜到深圳创业发展后,陆续将同生产队的同班同学洋超宏和同公社的同班同学瑶得温一家,接去深圳他所在的公司创业发展。

他感叹："有同乡的同学，陪同自己在深圳创业发展，真踏实，开心！"

2018年，洋求胜邀请我和老伴妹嫁清两人去深圳游览。我们老两口到达深圳时，他邀请洋超宏和瑶得温一起到深圳火车站迎接和拍照。在深圳游览时，他和洋超宏与瑶得温一直陪同并亲自为我们老两口拍照留念。我们返回星城时，他和洋超宏与瑶得温又亲自将我们送到深圳火车站，深深的情谊令人感动！

洋求胜毕竟曾是一位教育工作者，他始终关注着教育和校园这块领域。在深圳创业富有之后，他多次捐资修缮小学母校和明月镇革命事迹展览馆，获得人们热烈赞颂。

洋求胜还经常回乡探望，把对家乡繁荣发展景象的感言和图片发布在朋友圈，引得亲朋好友们的热烈回应。

这位仙岳六中的同学，不仅有情有义，而且有着浓浓的乡愁，将他人生成果广泛播种在家乡和华夏大地，鲜花盛开，实在值得钦敬，赞颂！

兵智键
——担当与诗词

兵智键同学的诗词才学不一般！

兵智键，仙岳六中高 26 班学生，老伴妹嫁清任过他的班主任和语文老师，我任过他姐姐、弟弟和妹妹的语文老师。从前他寄了一对题写了我姓名的瓷质茶杯给我，2021 年 6 月 6 日，我寄了一本拙书《和堂诗词选》回报他。他收到拙书后用微信发了一首七言古绝《感怀》赠我，很了不得，很有诗词才学呀！这个弟子确实是"嘉树"，令我和老伴妹嫁清骄傲欣慰！

以下是兵智键赠我的七言古绝《感怀》和我与他

的微信对话：

> 自古诗坛不问年，
> 尊师夕照景更妍。
> 三千弟子皆嘉树，
> 八百诗词尽锦篇。

兵智键微信："学生在您的诗词中看到了您的高尚人格！""我是学管理的，不会写诗词，但我喜欢诗词。您的诗词写得好！"

我的微信回复："哇，智键，你的诗词写得非常好呀，与那些职业文学工作者一点儿不逊色！"

读了兵智键赠我的七言古绝《感怀》，我心情很不平静，陆陆续续地回忆起他的种种情景。

1980年兵智键高中毕业后，考入仙岳县陶瓷技校，毕业后分配在仙岳县电瓷厂。后来业余时间在自修大学进修了中文专业。爱好诗词，喜欢写诗词。2023年，他出版了《诗词感怀集》。这本书出版后，受到广泛赞扬。我收到他邮寄来的这本书后，被他书里的精彩诗词深深吸引，他这些诗篇是：

2018年8月30日游览江西景德镇之后写的楹联，"千年瓷艺景德镇，万古神窑青花瓷（楹联本是格律诗演化而来）。"

2018年10月7日重游张家界的七言古绝《重游张家界》，"振衣驱车乐悠悠，张家界市几日游。玻璃桥下走峡谷，猛洞河中泛轻舟。"

2019年6月22日星火公司党日活动楹联，"为国开基身经百战写青史，替民谋福心有千秋书美名。"

2020年5月17日七言古绝《看望恩师游坚人》，"恩师今年九十九，与党同龄跟党走。精神康健颜如玉，相约明年百岁酒。"

2023年3月24日的七言古绝，"二月春归风雨天，碧桃花下感流年。残红尚有三千树，不及初开一朵鲜。"

…………

2024年初，兵智键打电话告诉我，他已办好退休手续。退休单位是建宁地区驻仙岳县改制办，每天接待工作繁重。一万多下岗职工，都是原先的同事、兄弟姐妹、父老长辈。他竭诚地为他们服务、为他们

解决问题。办公室收到不少锦旗和表扬信。高中毕业后他生活兴趣广泛，喜欢钓鱼、打乒乓球、旅游、散步。但调到建宁地区驻仙岳县改制办后，由于工作繁忙，那些兴趣爱好，他几乎没什么时间去顾及了。在星城已购买房子，准备退休后住到星城来。

兵智键在电话中还告诉我，他父亲在1971年去世，母亲叫罗陵西，性情温柔仁慈。他说他妈妈一人抚养着他们四姐弟上学读书，生活是很艰难的。但他们四姐弟都很听话，很懂事，不淘气，不惹事，没让他们妈妈多操心和伤心。兵智键大姐叫兵吟妮，二姐叫兵理大，弟弟叫兵智将，都是仙岳六中的学生。我和老伴妹妹嫁清教过他们的语文课，也都是我和老伴妹嫁清的学生。兵智键说，他妈妈常常教导他们四姐弟为人要和善友好，乐于助人，家风很好。记得1975年寒假，我们一家四人回星城与家人团聚过春节，兵智键为我守屋，并喂养我关在屋里的几只母鸡，不辞劳苦。春节过后我们回到仙岳六中，他帮我们收集了一大盆子的鸡蛋，真让人兴奋喜悦。

············

回忆起兵智键的这一切,最后我要说的是:赞颂兵智键同学以竭诚服务的精神,在建宁地区驻仙岳县改制办工作期间,对当年同事的兄弟姐妹、父老长辈的担当,以诗歌表达不忘初心的情怀,就是我真诚写下这篇文章的缘由。

桃 李 花 开

还利君
——文学之路

2024年8月22日,一个半老不小的汉子,给我送来一本他自己撰写的、刚出版的长篇小说《抗日武侠传》。他就是1980年我带的仙岳县高25班学生还利君,这是个高中文科毕业班,他是从别的学区插入到该班参加高考复习的。那天他是驾车专程来到星城给我送书,风尘仆仆,满脸笑容。

我欣慰地对还利君同学说:"哦,大部头啊,不容易,祝贺你!"

还利君也喜滋滋地说:"老师,我一直想写一部长篇小说,实现自己的文学梦。现在我这部小说终于出版了，就给你送来了。"

我感激地说："好，好！我会认真阅看你这部小说的，并向他人推荐！这部小说写的是什么故事呀？"

还利君补充说："这是我小时候，听老人们讲的真实爱情和抗日故事，总共50万字。我的创作里程碑是——向完成百万字一路前行！"

我兴奋无比地说："好，有志气！你在文学之路，满怀家国情怀，锲而不舍，坚韧不拔的精神，值得钦敬！"

当天下午还利君驾车返回仙岳县他家后，我陷入了深深的回忆之中……

44年前，即1980年，还利君在高25班高考复习时，还是个风华正茂的小伙。这是他参加的第二届高考复习。他个头不高，方方正正的脸庞，长长的散乱的头发，乌黑明亮的眼睛，厚厚的嘴唇。有一次作文讲评课，我宣讲了他赞颂仙岳县的散文《悠悠的旅疆水》，他扎实的文字功底，敏捷的文思，深深地震撼着我，使我刻骨铭心。因为我宣讲了他的作文，还利君也很感激我。

桃李花开

那年高考,还利君又因数学和外语成绩与分数线差距过大落榜。我对他说:"利君啊,淡定些吧,走文学之路,也不一定要进大学啊!"

还利君无奈地对我说:"老师说得对!那我就到社会大学去好好学习吧!"

后来我常常注意了解他进入社会大学校,创业拼搏的情景。再后来,手机比较时尚流行了,我在朋友圈了解到,他父亲是小学老师,后来是学区主任。他在他父亲学区任民办老师,后转为了公办教师。但他觉得当老师太忙,没闲余时间认识社会,积累写作素材,于是自动辞职"下海"创业拼搏,在仙岳县田华山下开办了一个公司,叫坤祥发展有限公司仙岳采石场。后来由于这个采石矿发生安全事故破产,他就转到深圳打工了,待了十几年,干了很多个职业,换了不少单位。

2020年4月14日,我在朋友圈看到还利君发的一条帖子说:"60岁,再闯世界,出租屋里的第一顿早餐,8点上班,动作该利索点!"我被他这种对文学锲而不舍的精神深深感动,于是2023年1月,我将拙书《和堂诗词选》这本著作，邮寄到仙岳县城关镇他家里送给他，以资勉励。

以后我在朋友圈看到不少还利君的诗词，以及积累文学知识的帖子：

（散文）安徽文化

今天见识了安徽人喝酒敬酒。幸亏我戒酒几年了，否则会被灌得一塌糊涂。酒文化，每一个地方都有不同。这一次来安徽，感觉不错，领略到异地民俗风情。

2018年12月24日

（七古）舞笔

房房尚有两亩田，种诗种词种余年。
狂狂舞笔一万日，写春写秋写良缘。

2023年5月7日

（五古）燕雀

窗外的小鸟叽叽喳喳，在树枝上跳来跳去，还啣

瑟一下,看看也挺可爱的。

窗外有燕雀,自美犹自乐。
悠然落南枝,一蹦一嘚瑟。

2023 年 5 月 11 日

(七绝)彩云

今天是个好日子!蓝天白云,喜鹊喳喳,兴奋之余涂了几笔,给朋友笑观。

今日彩云逸蓝天,满堂祥瑞鹊声喧。
最是冬月好景处,喜盼来年后福牵。

2023 年 12 月 25 日

中国传统的价值观是德为上,孝为先。还利君孝母、尊父,如他的《悼母文》说:

"呜呼!夜深人静,四周寂寥!独自捧着母亲遗像撕心裂肺,哀哉!母生于 1926 年农历正月二十八,卒于 2005 年农历十二月二十八,享年八十。

十六岁嫁与吾父，锅前灶后忙碌相夫教子终无宁日。常闻左邻右舍谓吾母年少时质如金玉，貌似花月，心比清泉尤为澈，犹似日月益加明。乐施好善，贤德泽邻里；通情达惠，温暖与众人。家不富而接济贫苦；力不济却帮助疲乏。新中国成立初期，吾母被选为我乡第一任妇女主任。然母年少时多病，力不从心，故无法胜任政府所予之职，待家以养息。吾母生三子，益发忙碌，慢移多病之躯，屋里屋外，终不得停休片刻。吾父在学校执教，每星期返家一次，星期天才得以歇息。然吾母兢兢业业，任劳任怨。母教子，德才兼施，常念叨：严于律己，宽以待人，勤俭节约，勤劳持家。直至弥留之际还念念不忘以三字经训吾兄弟三人：昔孟母，择良杵，子不学，断机杼。我幼时多病，吾母心急如焚，寻良医，求秘方，东奔西忙，直至痊愈，吾一日不死则一日难忘！吾母大义，知书达理，常谓之：耕读为本。故家虽穷却极力从学。念母而不见母容，唤母亦不闻母声，泪迹斑斑，冷风习习，呜呼哀哉！尚飨！不孝儿泣书，2015年农历正月二十八。"

又如还利君的《悼父文》说：

"还有几日，就要离开家去外地谋生了。离开之前忽然悲哀不已，思念我的爸爸。爸爸生于1928年10月29日，卒于2022年12月15日，享年95岁。爸爸一生执教，勤勤恳恳，任劳任怨，为教育事业，做出了很大的贡献。是现丽山中学的创始人。退休前，是丽山学区书记。爸爸的一生，刚直不阿，年轻入党，对党的事业忠贞不渝。爸爸一生清贫，勤俭节约，清正廉洁。记得他退休的时候，妈妈希望带一些报纸回家用，爸爸也不同意，这是何等的清廉？爸爸在家里非常严肃，自我记事起就怕爸爸，巴不得他天天不回家。特别是后来我进了初中，他把我安排在文艺班，每天检查我的学习和拉二胡、小提琴的情况。他还要我学习打乒乓球，为了我有更多的时间学习和练习小提琴、二胡、乒乓球，他要我在学校跟他一起住，我私下更加不满，因为我就想天天和妈妈在一起。小时候我身体弱，经常头痛，为了给我治病，爸爸带我去莲城一个医院，请一个老中医开药，初中的暑假基本上就是吃药吃药，苦不堪言。我五岁读小学，十岁进初中，个子矮，爸爸就责令我每天早上起床跑步、习武，在他的高压'政策'下，我越发不喜欢爸爸了。一眨眼我也教书了，我本想离爸爸远一点儿，无奈爸爸是学区书记，硬是安排我在他所住的丽山中学，天天'监视'着我，结果几年以后我竟然突然不辞而别去了深圳打工。三年后爸爸来深圳，希望我继续教书，但是我决心已定。我当时已经是一家外资企业的总经理。爸爸也就没有多说什么，只记得爸爸回家的时候说：'由俭入奢易，由奢入俭难，节约用钱。'于是我教书的事，就不了了之。记得当时爸爸回家的时候，还是很高兴的。又过了好多年，我自己在深圳办企业，因为出现特殊情况，亏了，这个时候爸爸来了，我突然发现爸爸一脸慈祥，说：'你还年轻，不要怕失败，哪里跌下去，哪里站起来。'几十年来，我风风雨雨地生活，爸爸的心情随着我的跌宕起伏而七上八下。后来妈妈私下告诉我：爸爸在我工作顺利的时候，就在家里天天唱歌，在我失败的时候，他就愁眉苦脸。原来如此……去年爸爸病了，

桃李花开

又好了,他高兴地说:'我95岁了,100岁没问题。'可是农历十二月十五日,爸爸没有起床吃饭了……等我去叫他吃早餐的时候,发现他安安静静地睡着了,永远地睡着了……呜呼哀哉!爸爸,我想你了!长大以后才明白你对家的爱,对儿子的爱,是那么深沉,那么伟大,那么使人终生难忘。爸爸,我爱你!你这辈子刚直不阿,为党工作,勤勤恳恳,为家为儿,任劳任怨。爸爸,我想你!你上半生严肃而不苟言笑,后来才知道,你是因为家庭困难犯愁。爸爸,我想你!你下半辈子活得精彩,诗词歌赋,琴棋书画,乐此不疲,唱歌跳舞是你的最爱,你的脸上写满了慈祥。爸爸,想不到的是,你头一天还在唱歌,第二天你就没有起床吃早餐了,你睡得如此安然,却不知道后人的心疼了。你知道吗?你的孙子,抱着你的身体,睡了一个晚上。爸爸,我恨这世界上没有回生之药,否则我拼命也要抢回。爸爸,你知道你走了以后家里的一切情况吗?我会写信告诉你的,如果你有在天之灵,就托梦给我啊!爸爸,你在那边都好吗?吃得好吗?穿得好吗?还唱歌跳舞吗?还在写诗词吗？缺什么吗？请托梦给我。爸爸，过几天我就要出去谋生了，离开之前特别想你……呜呼哀哉！半夜睡不着，一边哭，一边写下来这些文字。今天是爸爸去世的136天，爸爸，下次见。"

对国家，还利君的情怀更深切。2017年12月19日，他在朋友圈发了一个帖子说：

"今日早晨清远桥上及仙岳大道到吕江中学校门前路转弯处均发生交通事故，均是由于路面结冰加上车速过快引起的，故各位家长送子女来校务必要强调安全，特别是坡面及转弯处，绝对要车速慢些。"

2024年2月9日，还利君在朋友圈发布的帖子说：

"赤兔归居，满天银雪起舞，黄龙脱颖、遍地紫花摇香。谨祝朋友们新年快乐，万事如意，心想事成！身体健康！还利君给大家拜年啦！"

文字功夫深厚，记叙清晰，描绘生动，抒发情深意切，非常动人！

时光流转，2024年春节很快就要到来了，还利君同学也成了一个64岁，睿智而文思更敏捷的先生了。有人说："60岁是人生辉煌的开始！"人到60岁，性格更沉稳，思想更成熟，是获得人生丰收的开始。我期盼还利君同学在文学创作里程碑，获得更大丰收，早日完成他的第二个50万字的著作！

后记

向树上微出版雷女士致敬

武汉的树上微出版公司,是一家各类书籍作者出书的服务机构,也是全国各出版社的合作单位。雷女士是该公司的主编,我有太多的敬意要向她表达。

我自幼身体孱弱,患有胃溃疡和食管炎。退休后体检发现脑萎缩和右脑腔隙性梗死,意味着老年痴呆在步步向我逼近。

我一向崇奉我国漫画宗师方成的一句话:"养生就靠一个字:忙!"

美国前国务卿基辛格活到了101岁。他说他的长寿秘诀就是:"退而不休!"

桃李花开

退休后,我为了避免老年痴呆纠缠上自己,一天到晚也"忙"个不停。栽培花卉,种植蔬菜,做做家务,写写日记,练练毛笔字,写写格律诗词,外出旅游。

2019年,我年老体弱,腿脚疼痛,行走不便,长期宅家,难以消磨时光。这时,我突发奇想写书以消磨时光。

于是我联系了树上微出版主编雷女士,托她联系出版社为我出书。很快在2021年元月,北方文艺出版社出版了我的《荷塘诗词选》一书,全书收录了我撰写的格律诗词,共270多首。这给了我极大鼓舞。

至2023年底,经树上微出版主编雷女士向有关出版社联系引荐,我先后出版了《荷塘诗词选》《园丁拾零》《晚霞进行曲》《桂花飘香》《蜻蜓情怀》《荷塘诗词续集》《蜻蜓习字集》等书,还有另一本经由其他人引荐出版的书——《余兴汇编集》,共9本文学类书籍。

是树上微出版主编雷女士以美好心灵,促使我这年老体弱的人实现了出书纪念人生的美好愿望。

后记

　　雷女士与各编辑业务精专，服务热忱，周到细心。

　　例如，我的《蜻蜓情怀》一书，原来的书名是《蜻蜓札记》，雷女士建议我改为《蜻蜓情怀》，改一下名称，情感就丰富多了。又例如《荷塘诗词：续编》一书，有不少图片不符合印刷出版要求，而我又不会在电脑操作软件对这些图片加工，雷女士就替我加工那些图片，印刷出版后令我非常满意。再例如《晚霞进行曲》一书，我自己不知道设计一个什么样的封面为好，她与设计师很快为我设计了现在这个封面，我看了很高兴。还有，我体弱多病，她经常在微信提醒我要注意保暖，注意休息，不要熬夜，不要摔倒，一切都要慢慢来，身体为上，这使我非常感动！

　　所以，今天我由衷地写下了这篇文章，向雷女士表达深深的敬意！

　　　　　　2024年3月8日于星城金汇园